NOTICE HISTORIQUE

SUR LA TERRE SEIGNEURIALE

ET

SUR LES SEIGNEURS

D'ÉTROEUNGT.

NOTICE HISTORIQUE

SUR LA TERRE SEIGNEURIALE

ET

SUR LES SEIGNEURS

D'ETROEUNGT,

Par LEBEAU (Isidore),

PRÉSIDENT DU TRIBUNAL DE PREMIÈRE INSTANCE D'AVESNES,
PRÉSIDENT DE LA SOCIÉTÉ ARCHÉOLOGIQUE DE CETTE VILLE,
MEMBRE CORRESPONDANT DU MINISTÈRE DE L'INSTRUCTION PUBLIQUE POUR
LES SCIENCES HISTORIQUES, DE LA SOCIÉTÉ DES ANTIQUAIRES DE FRANCE,
DE LA COMMISSION HISTORIQUE DU DÉPARTEMENT DU NORD,
ET DE PLUSIEURS AUTRES SOCIÉTÉS SAVANTES ;

MISE DANS UN NOUVEL ORDRE ET CONSIDÉRABLEMENT AUGMENTÉE

Par MICHAUX aîné,

VICE-PRÉSIDENT DE LA SOCIÉTÉ ARCHÉOLOGIQUE D'AVESNES,
MEMBRE CORRESPONDANT DE LA COMMISSION HISTORIQUE
DU DÉPARTEMENT DU NORD , DU CERCLE ARCHÉO-
LOGIQUE DE MONS ET DE LA SOCIÉTÉ
DUNKERQUOISE.

A AVESNES,

CHEZ MICHAUX AINÉ, ÉDITEUR, GRANDE PLACE.

M DCCC L IX

IMPRIMERIE DE E. PRIGNET, A VALENCIENNES.

EXPOSÉ PRÉLIMINAIRE.

Sous le titre : *La baronnie d'Etrœungt,* il a paru, en 1846, dans les *Archives historiques et littéraires du Nord de la France,* 2e série, tome VI, pages 5 à 34, une notice, assez développée, traitant de l'histoire de cette seigneurie, ainsi que des localités qui la composaient.

Cette notice, due à la plume de M. le Président Lebeau, va être reproduite presqu'en entier ci-après ; mais le plan adopté pour la nouvelle édition, qui a d'ailleurs été considérablement augmentée, a exigé une distribution différente des matières.

C'est dans la suite chronologique des seigneurs d'Etrœungt que les additions sont plus nombreuses, plus importantes. Du reste, on n'a pas négligé les autres parties de l'ouvrage, qu'on a tâché d'améliorer en tous points. Puisse-t-on ne pas s'être fait illusion à cet égard !

A. J. M.

NOTICE HISTORIQUE

SUR LA SEIGNEURIE ET SUR LES SEIGNEURS

D'ÉTRŒUNGT.

⸻❧⸻

TITRE Iᵉʳ.

LA TERRE SEIGNEURIALE D'ÉTRŒUNGT.

Chapitre Iᵉʳ.

SITUATION ET ÉTENDUE DE LA SEIGNEURIE.

La terre seigneuriale d'Étrœungt était située à l'extrémité méridionale du Hainaut, qu'elle limitait sur un point, du côté de la Thiérache.

Composée du bourg d'Etrœungt, des villages de Feron et de La Rouillies, elle confinait aussi aux territoires de Floyon.

de Boulogne, de Haut-Lieu, d'Avesnelles, de Semeries, de Rainsars, de Sains, de Glageon, de Fourmies et de Wignehies.

Sa configuration présentait deux masses territoriales assez régulières, et jointes ensemble. La principale, à l'ouest, comprenait les territoires d'Etrœungt et de La Rouillies ; l'autre, beaucoup moins étendue, était formée de celui de Feron. Le tout avait une superficie de 4,300 hectares et donnait, de l'E. à l'O., une longueur de 10ᵏ 5, et, du S. au N., une largeur de 7ᵏ seulement.]

[

Chapitre II.

ORIGINE, CONSISTANCE, MOUVANCE ET TITRES FÉODAUX DE LA SEIGNEURIE.

Dans le XII° siècle, Etrœungt, Feron et La Rouillies faisaient partie intégrante de la pairie d'Avesnes. Ce fut seulement dans le siècle suivant que l'on en détacha ces trois localités pour former une seigneurie particulière, dont Etrœungt devint le chef-lieu. Elle fut instituée en 1212, par Gautier II, seigneur d'Avesnes, en faveur de Bouchard, son frère cadet, qui la tint de lui en fief-lige.

Cette nouvelle seigneurie, décorée du titre de *baronnie* à une époque éloignée qu'on ne saurait préciser, ne resta pas toujours de la mouvance d'Avesnes. En effet, dans le XVI° siècle, elle relevait de la pairie de Chimay. Plus tard, on la désignait même comme un franc-alleu noble, *ne relevant que de Dieu et du soleil*, sans vassalité envers le souverain, qui n'y avait que le *merum imperium*.

Le seigneur d'Etrœungt avait, dans la terre de ce nom, tous les droits de justice haute, moyenne et basse. La justice y était rendue par un prévôt, dont la juridiction civile et criminelle ressortissait nument à la cour du Parlement de Flandre, à laquelle appartenait aussi, en première instance, la connaissance directe des cas royaux et privilégiés qui se produisaient dans le ressort de la seigneurie.

De leur côté, les habitants jouissaient de beaux priviléges, notamment de l'exemption de tous droits domaniaux.

Un certain nombre d'arrière-fiefs relevaient de la seigneurie d'Etrœungt. Entre autres, on remarquait, en 1503, « la « moitié de la maison où l'on met les chiens du seigneur, » qui était alors Charles de Croy, prince de Chimay. Le tenancier était tenu de « livrer, à ses frais, hostel souffisants pour « héberger les chiens dudit sgr d'Etrœungt et servir à tous « lesd. chiens (1). »

Quoique maints *éclissements* y eussent été successivement faits par le seigneur du lieu, la baronnie d'Etrœungt, dans les derniers temps, ne manquait pas encore d'importance. En effet, sans compter quelques masures disparates et mal raccordées, habitées par le prévôt, qui occupait aussi des parcs, jardins et autres dépendances de l'ancien manoir, le domaine seigneurial comprenait : deux moulins à eau ; 352 rasières 3 coupes de prairies, 28 rasières de pâtures et 107 rasières 2 coupes de terres labourables ; deux bois avec taillis sous futaie, aménagés pour être coupés tous les 18 ans : l'un, dit *la Hayette de l'Etang*, d'une superficie de 31 arpents 80 perches de Paris ; l'autre, dit *le Fresseau*, situé à Feron, et contenant 432 arpents 87 verges 1/2. Le seigneur

---

(1) Déclar. de Jehan, bâtard de Floyon, bailli d'Avesnes, du 28 octobre 1503. (A J. M.)

possédait de plus des cens et rentes, des droits seigneuriaux casuels, tels que le quint-denier en cas de vente de fiefs ; le droit de relief consistant, à chaque mutation, dans le meilleur cheval et les armes du mourant, pour les fiefs liges, et en une redevance de 32 patards ou 40 sols de France pour les fiefs amples ou abrégés ; les droits ordinaires de déshérences, d'épaves, de bâtardise, de confiscations, etc.

Les droits de vinage que le seigneur d'Etrœungt possédait dans l'étendue de sa juridiction étaient perçus, au commencement du XVᵉ siècle, d'après les bases et aux lieux ci-après :

« Li winages de le ville d'Estruen commenche, en venant « de Franche, au bout de la Rouillie, et se faut en allant à « Avesnes, assés près de le Folie. »

« Item quant on va par Warpont, se doibt le winage ad « Estruen. »

« Item chiaulx qui passent à Bouloigne alant au pont « passer pour aller de Franche en Haynaut et de Hainaut « en Franche, c'est moitiet à Mgr de Liège et l'autre moitiet « à Mgr de Penthiève. »

« Item qui passe au Buffe, il doit winage ad Estruen. »

« Item qui vient de Chimay pour aler en Cambresies ou à « Valenchiennes, se passe à Estruen ou à la Rouillie, il doi « winage ad Estruen, et se n'en doit point à Feron. »

« Item qui paye ad Estruen, il ne doit rien à Feron. »

« Le winage de Ferron commenche venant de Rocqui- « gnies et alans as traux de Ferron. »

« Item quant on vient de Fourmies ou de Wignehies pour « aler à Sains ou à l'Escluse de Herwinsart (Rainsars), on « doit winage à Ferron et se commenche venant de Four- « mies viers Ferron à la rouge Fontaine et se faut qui passe « par Feron au Pont de Sains et qui va par le vivier de « Herwinsart, il faut au deschendant de l'Ecluse au bois viers « Avesnes, et ossi pareillement qui vient de Franche par

« Wignehies ou par Rocquignies, puisque on passe ès
« lieux devant dis, on doit winage à Feron. »

« Item qui va de Sains à Feron, il paye winage à Feron. »

« Item qui va d'Avesnes à Feron, il paye winage à Her-
« winsart. »

« S'est quittes à Ferron et qui vient de deviers Feron,
« pour aller Avesnes, se passe à l'Ecluse de Herwinsart,
« s'il paye à Feron, il est quittes à Herwinsart. »

« S'est coustume de rechepvoir par la manière qui s'en-
« suit : un cars kierkies de vins, quatre deniers ; une cha-
« rette, deux deniers ; un chevaut, un denier ; un homme,
« une obole. »

« Homs ou femme à pied, quel cose qu'il porte, ne doit
« que un denier ou une maille, seloncq le coustume que on
« a usiet (1). »

Ce droit de vinage ne se percevait plus dans le XVIII°
siècle.

On aurait pu entrer dans beaucoup de détails sur la ma-
tière qui fait l'objet du présent chapitre, mais le besoin d'en
resserrer le cadre en a éloigné l'idée.]

[

Chapitre III.

VALEUR ET REVENU ANNUEL DE LA SEIGNEURIE.

On n'a pas de renseignements précis sur la valeur ni sur
les produits de la terre d'Etrœungt, pour des temps antérieurs au XVI° siècle.

---

(1) *Inventaire des archives seigneuriales d Etrœungt.* (A. J .M.)

On voit, d'après une déclaration de Jean, bâtard de Floyon, bailli d'Avesnes, du 28 octobre 1503, que le fief d'Etrœungt, pour lequel Charles de Croy, 1er prince de Chimay, était alors en défaut de relief, pouvait valoir annuellement 600 livres tournois

Mais après il faut arriver jusqu'à la fin du XVIIe siècle pour avoir quelqu'indication à cet égard, et encore il ne s'agit que d'une appréciation peu acceptable. Le document qui fournit ce renseignement et qui porte la date du 1er septembre 1691, est un projet d'arrentement de cette terre seigneuriale à M. J. B. de Préseau, grand-bailli de la terre et pairie d'Avesnes, moyennant une rente *irrédimible* de 4,500 liv. de France. En effet, comment admettre ce chiffre pour le revenu réel de la seigneurie, lorsqu'il est constaté que, alors, les cens, rentes et droits seigneuriaux casuels rendaient, seuls, par année, environ 3,000 liv. Hainaut, ou 1,875 liv. de France. Ces menus produits, essentiellement éventuels, ne devaient entrer qu'avec réserve dans l'évaluation du revenu annuel ; cependant, de 1743 à 1751, ils furent encore affermés pour 1,660 liv. de France par an, et même ils ont monté plus tard, à l'approche de la révolution, jusqu'à 2,000 liv.— D'un autre côté, on voit, dans des actes de 1746, que la terre d'Etrœungt était estimée valoir, à cette date, 120,000 livres.

Voici, au surplus, un relevé, fait en 1787, de tous les revenus de la terre d'Etrœungt :

Vieux château, jardins et parcs.....	*Mémoire.*	
Prairies, pâtures et terres labourables.	16,007 liv.	Hainaut.
Bois.......................	7,562	—
Cens et rentes	2,473	—
Droits seigneuriaux casuels.......	600	—
Total...	26,642 liv.	Hainaut,

équivalant à 16,651 liv. 5 s. de France.

On sait que, le 6 août 1793, l'ancien domaine seigneurial d'Etrœungt, moins les droits féodaux qui avaient été supprimés, fut vendu en bloc par le citoyen Corsange, de Chaillot, au citoyen Ozenne, pour le prix de 700,000 francs.]

[
Chapitre IV.

DÉTAILS PARTICULIERS SUR LES PRINCIPALES LOCALITÉS QUI COMPOSAIENT LA TERRE SEIGNEURIALE D'ETRŒUNGT.   ]

[
Iʳᵉ section.

LE BOURG D'ETROEUNGT ET SES HAMEAUX.

Dans la suite des temps, on a écrit diversement le nom de ce bourg : *Struum* (1104), *Struen, Estruen* (1150 et 1186), *Estruen-le-Caulchie* (1435), *Estrœn-le-Caulchie* (1470), *Estrueng-le-Caulchie* (1502), *Etrœng-la-Chaulchée* (1566), *Estrœng-la-Chaussée* (1695), *Etrœungt-la-Chaussée* (XVIIIᵉ siècle).   ]

[
§ Iᵉʳ.

Détails géographiques et statistiques.

Position : ETRŒUNGT est situé à 7ᵏ S. d'Avesnes, 18ᵏ E. de Landrecies, 12ᵏ5 O. de Trélon, et 9ᵏ N. de la Capelle. — Latitude N., 50° 3' 40". — Longitude E., 1° 35' 25".

Territoire communal. Configuration : A part une pointe qui, au midi, va toucher au territoire de la Flamengrie (Aisne), celui d'Etrœungt présente une figure assez régulière. — Altitude : 180ᵐ à l'ouest de l'église, vers un lieu dit Montorgueil ; 202ᵐ au hameau de Tout-Vent. —

Superficie : 2,472 hectares, dont en pâtures et prés 1,399[h], en jardins et terres labourables 923[h], en bois 25[h], compris *la Hayette*, qui contient 17[h] ; en propriétés bâties et de diverses autres natures, 125[h] ; le tout réparti en 5,836 parcelles, groupées en 4 sections.

Lieux-dits : L'agglomération centrale (Etrœungt), où sont l'église et les établissements communaux, et dont le nom a été donné à toute la commune : c'est là qu'était l'ancien château, dont il ne reste plus que l'emplacement ; les hameaux de l'*Arbroy*, de l'*Aulnoy*, de la *Basse-Boulogne*, du *Buffle*, de *Cloussy*, de *Cantraine*, de la *Folie*, du *Grand-Bois*, de la *Hayette*, de la *Mi-Route*, du *Mesnil*, de *Montorgueil*, des *Orniaux*, de la *Perée*, du *Petit-Bois*, du *Pré-Benson*, des *Quatre-Maisons*, du *Roteleur*, de *Tatimont*, de *Tout-Vent* et de *Warpont* ; les fermes du *Petit-Bois*, de la *Rançonnière* et de la *Hayette*.

Cours d'eau : La *Petite-Helpe*, ou *Helpe-Mineure*, qui va se jeter dans la Sambre au-dessous de Maroilles ; les ruisseaux du *Pont-de-l'Ecluse*, venant du Pont-de-Sains ; du *Bouvelet*, dont la source est à La Rouillies ; de la *Longue-Queue*, provenant des Zorées, et plusieurs autres encore, tous affluents de l'Helpe-Mineure.

Voies de communication : La route impériale n° 2, de Paris à Mons, dont la construction, commencée vers 1725, continuée à plusieurs reprises, ne fut achevée qu'en 1739 (1). Elle coupe le territoire du S. au N. sur une longueur de 4[k]7 ; le chemin de grande communication n° 32, d'Etrœungt à Landrecies ; celui d'Etrœungt au Nouvion, classé sous le n° 54 ; celui d'Etrœungt à Anor, n° 65 ; 7 chemins vicinaux

---

(1) Voir les détails donnés, sous les dates de 1725, 1752 et 1760, dans la *Chronologie* ci-après, Titre II.

mesurant près de 19 ᵏ, et un grand nombre de chemins d'exploitation.

Population : Au XV⁰ siècle , 32 ménages ; en 1765, 209 feux ; en 1804, 1,390 habitants ; en 1806, 1,518 ; en 1821, 2,062 ; en 1826, 2,035 ; en 1831, 1,987 ; en 1836, 2,060 ; en 1841, 2,183, et enfin, en 1846, une population de 2,242 individus, formant 577 ménages et se décomposant comme il suit :

Sexe masculin.	Célibataires . . .	581	1,106	2,242
	Hommes mariés .	470		
	Veufs.	55		
Sexe féminin.	Célibataires . . .	573	1,136	(1)
	Femmes mariées.	455		
	Veuves.	108		

Dans ce nombre, on compte 230 indigents, dont 60 mendiants.]

[§ II.

Administration.

Il résulte d'une charte communale accordée en 1248 par Jean d'Avesnes et Alix, sa femme, aux habitants de la terre d'Etrœungt, que, dans la circonscription de ce domaine féodal , il existait, dès auparavant , deux mairies distinctes. L'une était évidemment celle du village d'Etrœungt ; mais rien n'indique si l'autre avait pour chef-lieu, soit La Rouillies ou tout autre hameau d'Etrœungt, soit Feron. On incline pour ce dernier lieu, attendu que, dans le XII⁰ siècle, il était déjà constitué en paroisse. Cette charte sera analysée sommairement, sous sa date, dans le titre II ci-après.

---

(1) Population officielle de 1851 et de 1857 : 2290 et 2280 habitants.

(A.J.M.)

Depuis lors, la commune d'Etrœungt n'a pas cessé, jusqu'à la Révolution, d'être représentée par un mayeur ou maire, et par des jurés ou échevins. Elle] était autrefois régie par deux coutumes différentes : par celle du Hainaut pour les matières féodales ; par celle de Prisches ou du Vermandois pour les rotures.

La justice y était administrée par le prévôt seigneurial, assisté d'un procureur fiscal et d'un greffier. Les hommes de fief y dressaient les contrats.

[Sous le rapport militaire, cette commune ne dépendait que du gouvernement général du pays. Cependant, en 1684, en vertu de lettres du roi du 26 septembre, toute la terre d'Etrœungt fut rattachée au gouvernement d'Avesnes (1).

Etrœungt était en 1789, des gouvernement et subdélégation d'Avesnes. Compris, l'année suivante, dans le district d'Avesnes, il devint alors le chef-lieu d'un canton renfermant 1,200 citoyens actifs et composé des six municipalités ou communes ci-après :

Etrœungt,	La Rouillies,
Feron,	Rainsars,
Floyon,	Wignehies.

Lors de la réorganisation de l'an X, il perdit son titre de chef-lieu et fut incorporé dans le canton d'Avesnes-Sud.

Dès l'an 1104, Etrœungt figurait, comme paroisse, dans l'organisation ecclésiastique, et en 1186, on trouve que cette paroisse faisait partie du doyenné d'Avesnes. En rapprochant de quelques siècles, on la cite avec La Rouillies comme annexe ; ce qui, du reste, ne prouve pas qu'elle différât en rien de ce qu'elle était précédemment. Cet état de choses se

---

(1) *Arch. hist.*, 3ᵉ série, tome II, p. 225. (A. J. M.)

maintint jusqu'à la Révolution. L'abbaye de Liessies a eu jusque là la collation de la cure. Lors du rétablissement du culte, en l'an **XI**, l'église d'Etrœungt fut reconnue comme cure ou chef-lieu d'un décanat comprenant toutes les paroisses du canton d'Avesnes-Sud.

Voici la liste des curés et desservants qui ont successivement eu la direction de la paroisse d'Etrœungt, en remontant au XVII° siècle :

Hallez... 1659 à 1712.	Gillion. .. 1759-1782.
Delaporte. , 1712-1722.	Derosne.
Frenez. ... 1722-1725.	Coquelet. 1802-1823.
Thiéry, ... 1725-1730.	Michel . .. 1823-1833.
Douëz..... 1730-1758.	Saudemont.1833-1846.

Il existe à Etrœungt des écoles publiques et un bureau de bienfaisance : c'est le chef-lieu d'une perception qui comprend Etrœungt, Floyon et La Rouillies ; et d'un bureau de distribution des postes pour ces mêmes communes.　　　]

[　　　　　　　　　§ III.

Agriculture, industrie et commerce.　　　]

[　　　　　　　　　I.

Détails divers.

De tout temps, l'agriculture a été en faveur à Etrœungt, et a même toujours été la principale ressource de ses habitants. Son territoire comprend beaucoup de pâturages qui fournissent à l'engraissement des bœufs et à la nourriture de nombreux troupeaux de vaches, dont le lait, converti en beurre et en fromages, donne de très-bons produits.

Quoique les terres labourables ne soient pas, en général, d'une qualité supérieure, on y récolte assez abondamment du blé, de l'épeautre, du seigle et de l'avoine.

Il n'y a jamais eu à Etrœungt, comme cela se rencontre parfois ailleurs, un genre d'industrie particulière. Ce n'est que depuis moins de vingt ans qu'on y a établi une filature de laine. Toutefois] il s'y trouve des boulangeries, des boucheries, des brasseries, des tanneries, des moulins à eau, une pharmacie, des coutelleries, des boutiques d'épiceries, de toiles, de draps, de cotonnades. Il s'y fait un commerce de lin achalandé ; on y fabrique des étoffes de laine et de la bonneterie ; on y exploite des carrières d'une belle pierre bleue propre à différents usages.

[Il a été fait, vers 1825, des recherches pour la découverte de la houille sur le territoire d'Etrœungt, mais elles sont restées infructueuses.]

II.

Foires et marchés.

Il existait anciennement, à Etrœungt, un franc-marché le mardi de chaque semaine, et trois franches foires les jours de Saint Martin, 4 juillet et 11 novembre, et le jour de Saint Barthélemy, 24 août. La foire de la Saint Martin d'hiver existait dès avant 1248 (1). Mais, par l'effet des guerres si longues, si désastreuses du XVIe siècle, surtout pour Etrœungt, qui se trouvait sur l'extrême frontière, ces foires et marchés ayant cessé d'être bien suivis et fréquentés, sont] « de suc-» cession de temps diminuez et venus à enthières deffaictes » et décadence, à la très-grande perte, domaige et incomodi-

---

(1) « Cascuns des manans en celle ville doist payer quatre deniers » en le fieste Saint-Martin pour sen tonlieu et li marchand qui y ven-» ront doibvent tel tonlieu comme paye Avesnes, et s'il ne le payent » il le doibvent amender selon le loi d'Avesnes. » (*Article 4 de la charte de* 1248)

» té des mannans. » [En 1566, invoquant la paix, la situation d'Etrœungt dans une contrée fertile, à portée de gros
villages et sur un chemin de grand passage, les habitants
sollicitèrent de Philippe de Croy, prince de Chimay, leur
seigneur, le rétablissement de ces foires et marchés. Accé-
dant à leur demande, Philippe rétablit,] « par chascun
» mardy de l'an, francq marchiet en icelle ville d'Estrœn..,
» et, avec ce, trois franches foires par chascun an, qui se
» devront tenir... le jour St-Martin, unzième de novembre
» et quattriesme jullet et jour St-Bertholomée vingt quat-
» triesme du mois d'aoust, » [pour « y vendre et acheter
» toutes sortes et manières de denrées et marchandises li-
» cites, » voulant, disent les lettres d'octroi, que ces foires
durent] « en leur franchise, chacune sept jours assea-
» voir, le jour d'icelle foire, les trois jours devant et les
» trois jours apprès sans que ou durant ledit temps, nuls
» forins et estrangiers puissent estre arrestables, fors pour
» crimes et mefais, n'est que les debtes pour quoy ils se-
» roient poursuivis heussent été faictes et créées en jour de
» foire. » Subsidiairement et par le même acte, le seigneur
ordonna « à tous les mannans et habitants de lad• terre
» d'Etrœn, indifféremment, pour meilleure augmentation
» et entretenement desdites foires et marchiets, qu'ils ayent
» à porter, mener, conduire et voiturer leurs denrées et
» marchandises, soit de bestes chevalines, à cornes, blan-
» ches bestes, chappons, pouilles, poullets, vollailles et tous
» autres bestieaux de quelque nature et essence que soit, et
» semblablement bled, espeaulte, avoisne, poix, febvres et
» autres grains, et aussy pains, beures, fromages, chresmes,
» huilles et toutes sortes de victuailles, denrées et marchan-
» dises, ausdits marchiets et foires d'Estroen, et sans les
» pouvoir meiner, ny transporter ailleurs, n'estoit que préal-
» lablement ils les heussent miz et estaplez sur cedit mar-

» chiet par l'espace de deux heures du moins et en jour de
» marchiet , les offrans et abandonnans à vendages à tel et
» si gratieux pris que ladite marchandise sera extimée. ...
» à peine pour ceux qui contreviendront estre escheus et
» fourfaits pour chascune fois en l'amende de soixante sols
» blans. » Toutes ces dispositions résultent des lettres de
concession, datées de Beaumont le 4 février 1565, et dans
lesquelles le prince recommande à ses officiers d'Etrœungt
de faire] « crier et publier à son de trompe lesdits francqs
» marchiets et foirs, en y adjoustant et establissant halles,
» places, estaulx, tables, hayons, loges, poids, mesures et
» autres choses comme ils verront au cas appartenir ; et
» faire eslever et dreschier l'aigle, les sept jours durant le
» temps de chacune desdites franches foires, [pour démons-
» trer et donner tant mieux à connoistre la liberté et fran-
» chises que auront les marchands afforins et estrangiers
» d'y venir vendre et acheter et négotier... en toutes seure-
» tez et jouïr des priviléges, droits et franchises qu'ils ont
» accoustumez deuser et jouïr ès autres marchiets et foires
» des pays de Sa Ma^té reyal. »

Ces foires et marchés furent confirmés par lettres-patentes
du roi des mois de février 1710 et d'août 1770. Seulement,
à cette dernière date, le marché hebdomadaire fut transféré
du mardi au jeudi pour les farines et grains, et limité de
quinzaine à autre pour toutes espèces de denrées. Le marché du 1er jeudi du mois était surtout très-suivi.

Pendant la Révolution (an VII), on ne permit plus qu'une
grande foire le 21 brumaire, et les francs-marchés mensuels
furent fixés au 16 du mois républicain.

Plus tard, un décret du 21 septembre 1812 permit la tenue
à Etrœungt : 1° d'une foire de trois jours, à partir du 12
novembre ; 2° de douze francs-marchés, le 1er jeudi du mois.

Maintenant ces francs-marchés sont tenus, en vertu d'un

décret du 10 mars 1852, qui les désigne comme *foires aux bestiaux*, le dernier lundi de chaque mois, et sont indépendants d'un marché hebdomadaire qui a lieu tous les jeudis pour la vente du beurre, du fromage, des œufs, des légumes et autres menus objets de consommation.

On doit ici faire une mention particulière de la grande foire de la Saint-Martin, qui, non-seulement est la plus ancienne, mais aussi la plus fréquentée et la plus bruyante.] On y mène quantité de bestiaux, tels que bœufs, porcs, moutons. Elle est d'ailleurs approvisionnée de toutes sortes de denrées et de beaucoup d'autres marchandises. Il s'y trouve des tables servies, en plein air, de saucisses fumantes et de boudins grillés. Les bateleurs y affluent avec leurs drogues, leurs bêtes et leurs jeux. Quoiqu'elle soit moins fréquentée qu'autrefois, on s'y porte encore en foule de tous les lieux circonvoisins. Du sein de cette immense agglomération d'objets divers qui se meuvent, s'entre-choquent, et mugissent comme les arbres d'une forêt battue par la tempête ; d'hommes et d'animaux parlant, beuglant, grognant, chantant, bêlant, hennissant, vociférant, aboyant, hurlant, glapissant ; de clairons, de tambours, de fifres, de cornemuses, de cimbales, de trombones, de clarinettes aux sons aigus et criards ; de chars roulants, de chaînes, de pelles, de poêles, de marmites agitées, retenti, dans l'espace, le concert de voix et d'instruments le plus étrange et le plus assourdissant qu'il soit possible d'entendre.

§ IV.

Monuments et curiosités.   ]

I.

La chaussée Brunehaut.

La chaussée Brunehaut, qui conduisait de Bavai à Reims,

coupait le territoire d'Etrœungt du nord au sud, après lui avoir servi de limite du côté de Boulogne. Par là, elle est encore assez bien conservée.

C'est le long de cette grande voie romaine, sur l'emplacement même de *Duronum* (1), antique mansion, qu'Etrœungt prit naissance,] et c'est de cette position que lui vient le nom qu'il porte encore aujourd'hui, quelque difficile qu'il paraisse de reconnaître dans ce nom presque barbare, soit le *strasse, strate, straet, straats* tudesque, ou le *stratum* des Latins. Il devint la proie d'un incendie, et les habitants allèrent, avec ce qui avait échappé aux flammes, se construire de nouvelles demeures à cent pas environ plus au levant. [C'est là l'origine de la partie centrale actuelle d'Etrœungt.]

[II.

L'église paroissiale.

Il y avait déjà une église à Etrœungt dans les premières années du XII⁰ siècle. La possession de l'autel en fut assurée à l'abbaye de Liessies, par une charte de Manassès, archevêque de Reims, datée de l'an 1104.

Cette ancienne église aura été plusieurs fois restaurée, agrandie, même reconstruite jusqu'au commencement du XVI⁰ siècle. Quoi qu'il en soit, celle qui existait alors fut brûlée et détruite de fond en comble, dans les invasions des Français en 1543, 1552 et 1554, et, en 1570, on en éleva une nouvelle, qui est celle d'aujourd'hui. Elle fut fortement endommagée, d'abord, en 1744, par un violent incendie qui envahit toute la partie centrale du bourg ; ensuite, en 1774, par un terrible ouragan qui enleva la plupart des toitures de

---

(1) Antonin, *Itinéraire* ; — Peutinger, *Table ;* — le P. Wastelain, *Descript. de la Gaule-Belgique ; — etc.*

l'église et la moitié de celle du chœur, que l'on avait rebâti depuis huit ans. La couverture de la chapelle du Rosaire fut enlevée en masse avec toute la charpente.

Cette église, qui est sous le vocable de Saint-Martin, fut du reste restaurée à chaque désastre, dont elle ne porte plus guère de traces. Elle a 31^m de long sur 26^m de large. La tour et le clocher ont ensemble 34 mètres de hauteur. Il ne s'y trouve qu'une seule cloche. C'est ici le cas de rappeler qu'il y a aussi, au-dessus du chœur de l'église, une petite clochette provenant de Liessies et fondue, assure-t-on, en l'année 1549.]

[III.

Le château seigneurial et sa chapelle.]

Il ne reste plus, de l'ancien château d'Etrœungt, que quelques ruines enfouies sous le sol d'une prairie. [On signale notamment] un souterrain, dans lequel on peut descendre encore, mais en rampant et par une espèce d'informe soupirail, dont l'ouverture est cachée sous l'herbe. Il est divisé en deux compartiments assez vastes, pavés de larges dalles, et voûtés en pierres bleues soigneusement taillées. Ces ruines forment un monticule presque imperceptible, bordé au nord par l'Helpe-Mineure, à l'est, par un ruisseau ombragé de bouquets d'aunes. Dans une riante matinée de printemps, et lorsque l'herbe commence à poindre, c'est un site plein de charmes. En foulant le gazon parsemé de marguerites, quels souvenirs se présentent à l'esprit! On ne peut contempler ce lieu sans attendrissement. C'est là que s'élevaient ce donjon, ces hautes tours, ces murailles épaisses, témoins insensibles des plus douces joies et des peines les plus cuisantes qui puissent faire tressaillir le cœur humain ; c'est là qu'une princesse jeune et belle, abandonnant une cour brillante, vint s'enfermer avec son époux ; en un mot, c'est là que les beaux jours de Bouchard d'Avesnes et de Marguerite de Constantinople s'écoulèrent.

[Ce château gisait déjà dans ses décombres, quand, en 1543, le capitaine Lalande, se dirigeant sur Avesnes, s'arrêta à Etrœungt. Il trouva sur l'emplacement même de la forteresse, dont les matériaux avaient été utilisés pour la défense, — et gardé par 300 hommes, un blockhaus, ou fort, qu'il attaqua et enleva d'assaut. Il faut admettre que, dans l'intervalle, le château, pour être ainsi réduit, avait subi de grands désastres. Dans le dernier siècle, il restait encore quelques masures des anciennes constructions, sur le terrain qui, aujourd'hui, est entièrement déblayé.

Vers la fin du XIIIᵉ siècle, Florent d'Avesnes, dit de Hainaut, fonda, dans le château, une chapelle qu'il dota largement, en recommandant que le chapelain y dît une messe chaque jour, à perpétuité. Cette fondation, instituée par des « lettres du samedi après les octaves de Paskes (19 avril) 1287 », subsistait encore en 1637, ainsi qu'on le voit d'une procuration du 26 mai de cette année, donnée par Jean Munoz, « aulmosnier de Mgr le prince de Chimay, « chapellain castralle dudit Estrœng, » pour la mise, aux enchères publiques, des prairies, terres labourables, bois et blés dont il jouissait à ce dernier titre. Mais cela ne prouve aucunement que, alors, la messe quotidienne ordonnée fut toujours célébrée à Etrœungt, d'autant plus qu'il ne restait pas plus de trace de la chapelle que du château, dont elle avait naturellement suivi les vicissitudes. En tout cas, le moment arriva, et il y a déjà bien longtemps, où la fondation, quoique créée à titre perpétuel, a cessé d'être remplie. C'est un mécompte de plus pour les hommes que la vanité égare jusqu'à vouloir faire, comme Dieu, des choses éternelles.   ]

IV.

La Court des Moines.

Un rocher, qui s'élève dans la partie méridionale de la commune et qui a conservé le nom de *Court des Moines*, était encore couronné, il y a peu d'années, de débris d'anciennes constructions (1). C'est là vraisemblablement la place qu'occupaient les bâtiments d'une ferme appartenant à l'abbaye de Liessies, et qui est mentionnée dans un acte passé, en 1327, entre le comte de Hainaut, Guillaume Ier, surnommé le Bon, et Gui de Châtillon, seigneur d'Avesnes.

On n'a pas, pour ces temps éloignés, d'autre renseignement sur la *Court des Moines*, et on n'en sait guère plus pour les temps postérieurs. On la trouve toutefois, au commencement du XVe siècle, dans des mains séculières ; mais c'est à peine si on en connaît quelques tenanciers.

On voit d'abord le seigneur et la dame de Robersart jouir d'un « droit d'usufruis et viage sur les maisons, lieux, terres, » héritages et appartenances d'un tènement nommé la *Court* » *des Moisnes*, en la terre et seigie d'Estrun ; » mais parce qu'ils se sont « renduz et monstrez adversaires et ennemis » du comte de Hainau, » ces biens ont été « fourfais, acquis et confisqués au seigneur. »

Puis c'est « Me Gerars Durot, secrétaire du duc et receveur » de ses mortes-mains ou pays de Haynault, » qui les a reçus, à titre viager, en vertu de lettres de Philippe-le-Bon, duc de Bourgogne, en date du 26 mars 1426 avant Pâques (n. st. 1427), pour « en joir et user, aux charges et devoirs » ordinaires, paisiblement et plainement durant ledit viage. »

---

(1) La *Court des Moines* est assez rapprochée du centre du village. Sur l'emplacement de cette ferme, on voit maintenant quelques maisons sans importance et une carrière de pierres à bâtir. (A. J. M.)

Enfin, c'est le tour de Jean de Croy, conseiller et chambellan du duc. Jean, après avoir acquis les droits de M° Gerars, obtient aussi viagèrement la *Court des Moines*, selon des lettres du duc du 26 février 1428 (n. st. 1429), à la double condition de maintenir en état « les lieux et édifices, » et de ne pouvoir rien en engager ni aliéner.

Jean de Croy, mieux connu plus tard sous le nom de comte de Chimay, réunit bientôt la propriété à l'usufruit, et il est vraisemblable que, suivant en cela la tradition de ses devanciers, il aura aussi abandonné cette cense à quelques-uns de ses familiers, de ses fidèles, leur vie durant.

La devise suivante : **En Dieu te fie, Fourvie,** gravée en caractères gothiques, avec le millésime 1464, sur une vieille pierre provenant des ruines de la *Court des Moines*, et maintenant enchassée dans la muraille d'une maison voisine, indique peut-être un de ces anciens tenanciers : soit Guillaume de Fourvie, chevalier, gouverneur de Beaumont et de Chimay au commencement du XVI° siècle ; soit quelqu'autre membre de sa famille, qui fut longtemps honorée de la confiance des comtes, puis princes de Chimay.   ]

[V.

Antiquités et objets divers.   ]

Le sol d'un champ étroit et sablonneux, resserré entre le rocher [de la *Court des Moines*] et une carrière voisine, recouvrait des ossements humains mêlés à des ossements de chevaux ; des mors, des fers de cheval, et des tronçons d'armes brisées.

On découvrit, dans les douze premières années de notre siècle, un peu au-dessus [de la principale agglomération] d'Etrœungt, à l'ouest, en divers endroits des lieux où était situé Duronum, plusieurs tuyaux en terre cuite, et quantité de tuiles antiques d'une grande dimension, éparses dans les ruines d'une tuilerie ; à cent cinquante pas plus au sud , les restes d'un aqueduc ; dans l'endroit nommé la *Pérée*, trente médailles, dont une gauloise, et vingt-neuf romaines à l'effigie de quelques-uns des princes qui occupèrent le trône impérial depuis Néron jusqu'à Antonin - le - Pieux , et de quelques impératrices, entre autres des deux Faustine ; plus avant, le long de l'ancienne voie romaine de Bavai à Reims, un tombeau renfermant une partie de la lame d'un glaive et une urne remplie de cendres. Enfin on crut reconnaître, aux mêmes lieux, mais de l'autre côté de cette chaussée, les traces d'une seconde voie romaine, dirigée vers l'occident.

On déterra encore, en 1812, dans un cimetière abandonné depuis long-temps , non loin de l'endroit où la route de Paris fait un deuxième coude, un socle en chêne, qui parut avoir été celui d'une croix ; un trousseau de clés , fort courtes , à larges anneaux , et une des pièces de monnaie obsidionale qui furent frappées pendant le siége de Maëstricht, formé par Alexandre Farnèse en 1579. Cette pièce portait sur la face, un écu surmonté d'une épée debout, la pointe en haut , avec cette inscription dans le champ : TRAIEC. AB. HIS. OBSES. PROIVS. CAVSA. DEFÉSIONE. XXXX., et au revers : les armes de la ville (une étoile à cinq rayons) entourées de la légende : PROTE. D. POPV. TV. PROP. NO. TVI. GLO.

Les rédacteurs de l'*Annuaire statistique du département du Nord*, année 1836 , ont aussi signalé la découverte , à Etrœungt, d'une médaille frappée en l'honneur de deux jeunes Espagnols , liés d'une étroite amitié , dont l'un expira de douleur en apprenant la mort de l'autre. C'est pendant le siége de La Capelle, en 1650, que ces deux amis succombèrent. Leurs corps, rapportés à Avesnes , furent inhumés, d'une manière honorable, près du chœur de l'église collégiale.

3

On a parfois écrit *Ferron*, *Le Feron* ou *Le Ferron*.   ]

[§ I.

Détails géographiques et statistiques.

Position. Feron est situé à 10ᴸ S. E. d'Avesnes, 25ᴸ E.
S. E. de Landrecies, 26ᴸ S. S. E. de Maubeuge, 6ᴸ O. de
Trelon, 11ᴸ N. E. de La Capelle (Aisne). — Latitude N.
50° 3' 40". — Longitude E. 1° 35' 25".

Territoire communal. — Configuration : Le territoire
présente une figure assez régulière ; il offre cependant quelques saillies, sur la limite, aux points où se joignent les
territoires de Glageon et de Fourmies, ceux de Rocquignies
et d'Etrœungt, ceux de Sains et de Glageon. — Altitude :
202ᵐ aux confins du territoire vers Tatimont (Etrœungt)
et 207ᵐ du côté de Wignehies, près des Éguries. — Superficie : 1325 hectares, dont en pâtures et prés 442 h.,
en jardins et en terres labourables 341 h., en bois : le
Grand-Fresseau et le *Petit-Fresseau* 448 h., en bâtiments
et autres natures de biens 54 h.; le tout réparti en 2045
parcelles, groupées en 4 sections.

Lieux-dits : L'agglomération principale, où est l'église,
porte le nom de *Feron*, qu'elle a donné à toute la commune ; les hameaux du *Buisson-Barbet*, de *la Masure*,
du *Trou-de-Feron*, de la *Rue Heureuse*, des *Bruyères*,
du *Pont-de-Sains*, où se trouvent le château et la forge de
ce nom ; les fermes dites : la *Cense*, *Bellevue*, la *Cense-
Saint-Nicolas*, la *Fosse à l'Avoine*, la *Frasnoye*.

Etangs et Cours d'eau : L'étang du *Trou-de-Feron*,
d'une contenance de 3 hectares 26 ares ; la rivière l'*Helpe-*

Mineure, ou *Petite-Helpe*, qui va se jeter dans la Sambre au dessous de Maroilles ; les ruisseaux de la *Fontaine-Rouge*, du *Roc*, et son affluent le *Rieu de la Masure*.

Voies de communication : La route départementale n° 6 de Landrecies à Trelon, au midi du territoire ; 4 chemins vicinaux ordinaires ayant une longueur totale de 11 kil., et plusieurs chemins ruraux.

Population : au XV⁰ siècle, 11 feux ; en 1765, 99 feux ; en 1684, 89 ménages, dont 27 étaient à *l'aumosne* ; en 1804, 559 habitants ; en 1806, 584 ; en 1821, 566 ; en 1826, 587 ; en 1831, 589 ; en 1836, 639 ; en 1841, 655 ; et enfin en 1846 une population de 634 individus, formant 57 ménages, et se décomposant comme il suit :

Sexe masculin.	Célibataires	153	321		
	Hommes mariés	153			
	Veufs	15		634	
Sexe féminin.	Célibataires	136	313		(1)
	Femmes mariées.	153			
	Veuves	24			

Dans ce nombre, on comptait 102 indigents, dont 13 mendiants.

Dans les 89 maisons qui existaient à Feron en 1684, 4 seulement étaient couvertes en ardoises : toutes les autres avaient des toitures en paille.]

[

§ II.

Administration.

Le village de Feron, déjà mentionné dans l'histoire dès

_____

(1) La population a toujours diminué depuis 1846 : En 1851, il n'y avait plus que 630 habitants, et 620 seulement en 1856.

le XIe siècle, paraît avoir joui, dans le XIIIe, des avantages d'une institution communale. En effet, dans les deux mairies de la terre d'Etrœungt que mentionne une charte de l'an 1248, dont il sera parlé au titre II ci-après, figurait vraisemblablement celle de Feron. — Cette commune, comme beaucoup d'autres, aura successivement été administrée par un maire ou mayeur, et par des jurés ou échevins. — Elle était autrefois régie par la coutume du Hainaut, et faisait partie, en 1789, du gouvernement militaire d'Avesnes, auquel elle avait été rattachée en 1684 ; du bailliage et de la subdélégation de la même ville. — Comprise, en 1790, dans le district d'Avesnes et le canton d'Etrœungt, elle fut incorporée, en l'an X, dans le canton de Trelon, auquel elle appartient encore.

Sous le rapport du culte, Feron, qui, en 1186, formait déjà une paroisse du décanat d'Avesnes, finit avec le temps par perdre ce titre et par devenir une simple dépendance de la cure de Glageon. Mais, vers 1666, il fut reconstitué en paroisse particulière. Depuis l'an XI, c'est une succursale du décanat de Trelon. — Avant la révolution, l'abbé de Liessies était le collateur de la cure de Feron.

Voici la liste des curés et desservants de ce lieu, à partir du XVIIe siècle.

J. Degrelle	1664—1700.	Roy	1766 — 1774.
Rigaux ..	1701 — 1706.	Payen ..	1774 — 1779.
D'Alluin	1707 — 1714.	Descamps	1779 — 1810.
Dufossé .	1714 — 1724.	Hallemand	1810 — 1822.
Villain .	1726 — 1727.	Becar ...	1822 — 1830.
Hasard .	1728 — 1756.	Cappelier	1830 — 1840.
Verin ...	1757 — 1761.	Liermain	1840 — 1846.
Perwez .	1761 — 1766.		

Il existe une école primaire et un bureau de bienfaisance

à Feron, qui fait partie de la perception et du bureau de postes de Fourmies.]

[## § III.

Agriculture, Industrie et Commerce.

On s'occupe beaucoup d'agriculture à Feron. Quoique le sol ne soit pas des meilleurs, on y cultive cependant assez avantageusement le blé, l'épeautre, le seigle et l'avoine. Les pâturages sont médiocres, ce qui n'empêche pas de se livrer, avec succès, à l'élève et à l'engraissement des bestiaux. On y fait du beurre et du fromage de bonne qualité.

Il n'existe, dans cette commune, qu'un moulin à eau, une brasserie, des fabriques de bonneterie, des carrières de pierres bleues et des fours à chaux. Il y a même, au Trou-de-Feron, plusieurs carrières de marbre bleu, dont l'exploitation a été abandonnée.

Il s'y trouve aussi de riches mines de fer. Celles qui sont entre le bois du Grand-Fresseau et les chemins de Fourmies et de Glageon ont été concédées, par ordonnance royale du 7 décembre 1825, à madame veuve Hufty, de Glageon.

Il sera bon de se reporter ci-après, au § IV, n° III, pour avoir quelques détails sur l'industrie du fer à Feron.]

[## § IV.

Monuments et Curiosités.]

[### I.

L'Église et sa Tour.

Il y avait déjà, en 1004, à Feron, une église, qui était chef-lieu de paroisse en 1186. L'édifice, saccagé ou détruit pendant les guerres si désastreuses des siècles suivants, aura été maintes fois restauré ou reconstruit. Quoiqu'il en soit, l'église actuelle paraît ne dater que du commencement du xviie siècle. Elle n'a rien de remarquable et a pour dimensions : 40^m en longueur, 16^m en largeur, et 9^m sous voûte. — La tour qui surmonte la porte d'entrée est de 1614. Avec ses gros murs percés de meurtrières et surmontés de créneaux, elle ressemblait à une petite forteresse. Mais elle a perdu quelque peu de cet aspect militaire depuis que l'on en a démoli les créneaux pour la couronner d'une toiture quadrangulaire, d'ailleurs peu gracieuse. Même avec cette addition, la tour n'a que 15^m d'élévation. Elle ne renferme qu'une seule cloche, fondue en 1785.

L'église a été brûlée par les Français en 1636, avec la majeure partie du village. On croit qu'elle n'a été rétablie qu'à la paix.

Le patron de la paroisse est saint Martin.]

[
II.
Une ancienne redoute.
]

On voit dans l'endroit nommé le *Trou-de-Feron*, à 300^m du village, les restes d'une redoute en terre qui paraît avoir été construite, au xvie siècle, par le comte de Mansfeld ; que le marquis d'Ayeton, qui commandait en chef dans les Pays-Bas, fit réparer, vers le milieu du siècle suivant, et que le gouverneur de La Capelle détruisit peu de temps après. Elle occupait onze ares de terrain, et le fossé dont elle était entourée a encore une profondeur de 1^m 50, sur une largeur de 4^m 50.

III.
Les Usines à fer.

Les riches mines de fer que renferme le sol du territoire

de Feron, et dont ce village a emprunté son nom, ont dû être exploitées à une époque éloignée. On ne doute pas, en effet, que l'industrie du fer ne soit très-ancienne dans cette localité ; cependant on ne trouve rien de positif, à cet égard, pour les temps antérieurs au xvie siècle. Pour les siècles suivants, on n'a même encore que des données bien vagues et très-incomplètes. On va entrer dans quelques détails sur deux établissements métallurgiques exploités : l'un à portée du village et l'autre au Pont-de-Sains.]

[1. — *L'Usine de l'abbaye de Liessies.*

L'abbaye de Liessies possédait à Feron, au commencement du xviiie siècle, un fourneau dont on ne peut pas préciser l'origine, et qui était en activité en 1710. Il était situé à 600ᵐ S.-E. de l'église, sur le ruisseau du Roc, et était alimenté par des minérais tirés de Feron, de Fourmies et de l'étranger. Ce fourneau qui, en 1737, produisait 3000 livres (1423ᵏ) de fonte par 24 heures, ne marchait plus en 1740. Il est probable qu'il aura chômé depuis lors jusqu'en 1760, époque où il a cessé d'exister. On a retrouvé plus tard, sur l'emplacement de l'usine, des fragments de poteries, des plaques de cheminées, et beaucoup d'autres objets en fonte, et, dans le voisinage, d'énormes tas de scories.]

[2. — *L'Usine et la Maison du Pont-de-Sains.*

Philippe de Lalis, maître de forges à Glageon, obtint, par lettres de Philippe de Croy, duc d'Arschot, seigneur d'Avesnes, du 27 novembre 1563, 54 rasières de terrain à prendre dans la Fagne-de-Sains et dans le Bois-Colinet, près du lieu communément appelé le Gué-Brehieu, « avec « le courant d'eau illec, pour y construire une forge, four-

« neau et affineries (1). » Mais, pour des raisons qui ne sont pas expliquées, cet industriel résolut, à une époque peu éloignée de là, de transférer ces établissements métallurgiques au Pont-de-Sains. Vers 1581, Philippe de Croy lui accorda dans ce but, et à perpétuité, une queue du bois du Petit-Fresseau, tenant au vivier et au grand chemin (2). C'est là qu'il établit ses forges, à l'endroit même où, plus tard, on construisit la maison connue sous le nom de *Château du Pont-de-Sains*. Sur la fin du siècle, Charles de Ghosée ajouta un fourneau aux « marteau, forge et huissine « existants » (3). — Pour une longue suite d'années, il n'est pas possible de rappeler les vicissitudes des usines à fer du Pont-de-Sains. On sait seulement qu'elles consistaient, dans les premières années du xviiie siècle, en un fourneau et en une forge avec deux affineries. Vers 1725, le fourneau ne marchait que six mois de l'année, et consommait, pendant cette période de travail, 1500 cordes de bois. En 1737, il donnait, par jour, 1423ᵏ de fonte et, quelques années après, il chômait. On croit même qu'il a été détruit avant 1740. — Quant à la forge, elle n'avait plus, en 1725, qu'une affinerie en activité, à cause de la rareté du combustible ; mais, en 1737, les deux affineries fonctionnaient. En 1771, il n'y en avait plus qu'une seule qui allait, et encore

---

(1) *Archives de la pairie d'Avesnes.* (A. J. M.)

(2) Il est vraisemblable que cette concession fut faite de concert entre le duc d'Arschot et l'abbaye de Liessies, propriétaires indivis du bois. Du reste, dans le xviiie siècle, le propriétaire du Pont-de-Sains payait annuellement au monastère, à ce sujet, une rente de 7 liv. 10 sols. (A. J. M.)

(3) A cette occasion, et principalement pour le cours d'eau, il fut créé une autre rente, au profit de ladite abbaye, de la somme de 5 liv.

(A. J. M.)

elle ne donna, pendant cette année, que 98 quintaux métriques de produits. — La forge est aujourd'hui exploitée par M. Moutier-Hufty, de Glageon (1).

De l'ancien château du Pont-de-Sains, il ne reste guère que des souterrains et la porte d'entrée, flanquée de deux petites tours rondes, aux toits aigus. Déjà, avant la révolution, on avait commencé la transformation des bâtiments, mais elle ne fut achevée que dans le XIXe siècle, par le prince de Talleyrand. Un vaste corps de logis, oblong, comprenant, au-dessus du rez-de-chaussée, deux étages surmontés de mansardes, n'est pas moins remarquable par sa régularité, que par sa situation près d'un étang spacieux, au fond d'un vallon environné de bois.

Il n'est pas sans intérêt de connaître les propriétaires successifs de ce domaine, qui formait un fief de la terre et pairie d'Avesnes. Charles de Ghosée possédait ce fief vers la fin du XVIe siècle. Son fils, François de Ghosée, après en avoir fait le relief en 1598, le vendit, en 1603, pour une rente de 400 livres à Martin Poschet, à qui succéda l'un de ses fils, Philippe Poschet, lequel en rendit foi et hommage en 1655. Ce dernier, n'ayant pas d'héritiers directs, donna en 1691, à son neveu, Philippe-Joseph-Théodore Poschet, le domaine du Pont-de-Sains, dont hérita après lui, en 1746, le fils de sa sœur, Philippe-Joseph-Emmanuel Dupuis, qui le tint jusqu'à la révolution, époque où il fut vendu comme domaine national. Plus tard, il fut possédé assez long-temps par le prince de Talleyrand, puis il passa, en 1838, dans les mains du marquis de Castellane.

---

(1) Quoique n'étant séparée que par un simple déversoir du château, qui fait partie de la commune de Feron, il faut dire que la forge se trouve sur le territoire de Sains. (A. J. M.)

Derrière le château du Pont-de-Sains], au bout d'une prairie, s'élève, sur une sorte de terrasse, un temple agreste, remarquable par les quatre colonnes qui en supportent le fronton. Elles sont en marbre rouge et d'une seule pièce chacune, quoique dans des proportions grandioses. On les avait préparées pour la chapelle du château de Versailles, mais elles ne purent y être transportées. Les religieux de Liessies les employèrent à l'embellissement de leur église, d'où on est parvenu à les retirer entières lors de la démolition de cet édifice. Le temple sert parfois de grenier à foin.

[IV.

La Fontaine rouge.   ]

A l'extrémité sud du territoire de Feron, se trouve une fontaine d'eau minérale qui a reçu des habitants le nom de *Fontaine rouge*. On lui attribuait autrefois plus d'efficacité contre les obstructions qu'aux eaux de Spa et qu'aux boues de Saint-Amand ; mais, depuis, elle a perdu dans l'opinion beaucoup de sa vertu.

L'eau qui en découle et la boue qui l'environne ont été analysées plusieurs fois par des médecins et des chimistes. Elles l'ont été, vers le milieu du siècle dernier, sous les yeux du docteur Raullin, médecin du roi et inspecteur des eaux minérales du Hainaut, et, il y a quelques années, par M.Aug. Tordeux, d'Avesnes, dont le rapport est inséré dans les *Annales de Chimie*, tome LXXII, n° 215.

[« L'eau, en sortant de terre, soulève un gravier fin. Elle est limpide, inodore, et a une saveur un peu ferrugineuse. A commencer à un pied et demi de la source, tous les corps qu'elle mouille sont recouverts d'un dépôt ocreux, tenu d'abord en dissolution par l'acide carbonique, qui, se dégageant quand il arrive à la surface de la terre, laisse déposer des matières qu'il tenait dissoutes. — Cette eau rougit un

peu la teinture de tournesol ; elle trouble l'eau de chaux ;
elle précipite par le muriate de baryte, par le nitrate d'ar-
gent, par l'oxalate acide de potasse, par le sous-carbonate
de potasse. — Par l'infusion alcoolique de noix de galle,
elle prend une légère teinte violette, et finit par se noir-
cir (1) ».]

« Cette fontaine sort du milieu d'une prairie isolée, au
« bas d'une petite hauteur... et... d'un trou central per-
« pendiculaire extrêmement profond, mais envasé jusqu'à
« la superficie de la prairie... la surface de ce trou est de
« trois pieds de longueur sur un pied et demi de largeur,
« de figure irrégulière... L'eau, qui est d'un goût ferrugi-
« neux,... est agréable à boire, et sans odeur.

« Quoique l'usage de cette eau minérale fût en vogue
« depuis longues années, et qu'on en vînt chercher de l'in-
« térieur de la France, cette fontaine a été négligée jusqu'en
« 1769, que M. Faussabry... la fit arranger pour en rendre
« l'accès plus facile... Ce subdélégué présenta plusieurs pro-
« jets à MM. les intendants et à la cour... Mais il fallait
« former des établissements qui eussent pu faire tomber le
« crédit des eaux et boues de St-Amand, où il y en a de
« tout faits ; d'autant plus que les médecins... ont prouvé
« la supériorité de celle-ci sur celles de St-Amand.

« Il résulte de *plusieurs* expériences que cette fontaine
« minérale de (*Feron*) a beaucoup de propriétés semblables
« à celles du Mont-d'Or en Auvergne, et qu'elle a la même
« analogie que les eaux de Spa, quoique dans un degré de
« vertu supérieur.... (2). »

---

(1) E.-J.-B. Bovillon , *Essai sur les eaux minérales naturelles et
artificielles*, page 208. (A. J. M.)

(2) *Mémoire* manuscrit du xviiie siècle.

S'il ne nous appartient pas d'établir de comparaison entre les eaux de Spa, les boues de St-Amand, l'eau et la boue de la Fontaine-Rouge, les révélations des maîtres de la science nous autorisent du moins à croire que, avec les mêmes commodités, les mêmes agréments, le même régime, et, si l'on veut, les mêmes prestiges, elles auraient toutes la même efficacité.

[Depuis quelques années, l'aspect de la *Fontaine-Rouge* a changé. M. Moutier, propriétaire de la pâture dans laquelle sourd la source, l'a fait renfermer dans un massif de maçonnerie, d'où l'eau est jetée, par une gargouille, dans un bassin circulaire en belles pierres bleues.]

[IIIᵉ Section.

LA COMMUNE DE **LA ROUILLIES** ET SES DÉPENDANCES

Le nom de ce village a été diversement orthographié dans la suite des temps : on trouve tantôt *Rouly*, tantôt *La Rouly*, *Laroulie, La Roulie, La Roullie*.]

[§ Iᵉʳ.

Détails géographiques et statistiques.

Position : La Rouillies est située à 9ᵏ S. d'Avesnes ; 18ᵏ E. de Landrecies ; 13ᵏ O. de Trélon et 7ᵏ N. de La Capelle (Aisne). — Latitude N., 50° 2' 35". — Longitude E., 1° 35' 20".

Territoire communal. — Configuration : Il affecte la forme d'un triangle dont l'un des angles, plus aigu que les autres, se prolonge entre les territoires de Floyon et d'Étrœungt. — Altitude : 200ᵐ au S.-E. du village, vers

la Hayette ; 205ᵐ au point culminant du côté du Petit-Bois.
— Superficie : 531 hectares , dont 293 h. en pâturages
et prairies et 215 h. en jardins et terres labourables : le
surplus s'applique aux propriétés bâties et à diverses autres natures de biens. — Le territoire comprend en tout
1412 parcelles , réparties en deux sections.

Lieux - dits : Outre le corps du village de La Rouillies, où est l'église, il y a quelques hameaux : la *Forêt*, la
Bruyère , le *Bout d'en-Haut.*

Cours d'eau : Le ruisseau du *Bouvelet* qui prend sa
source à La Rouillies et va se jeter dans l'Helpe-Mineure à
Étrœungt, et quelques autres petits cours d'eau.

Voies de communication : La route impériale n° 2, de
Paris à Mons, qui coupe le village du S. au N., sur une longueur de 2ᵏ 5 ; 5 chemins de petite vicinalité, ayant ensemble 4ᵏ 850, et quelques chemins ruraux ou d'exploitation.

Population : Au xvᵉ siècle, 7 ménages ; en 1765, 59
feux ; en 1804, 603 habitants ; en 1806, 600 ; en 1821, 666 ;
en 1826, 628 ; en 1831, 666 ; en 1836, 656 ; en 1841, 602 ;
enfin en 1846, la population était de 592 individus, formant
178 ménages, et se décomposant comme il suit :

Sexe masculin.	Célibataires	139	278		
	Hommes mariés	123			
	Veufs	16		592	
Sexe féminin.	Célibataires	156	314		(1)
	Femmes mariées	128			
	Veuves	30			

Dans ce nombre, on comptait 90 indigents, dont 12 mendiants.]

(1) La population a continué à diminuer : en 1851, elle était de 544
habitants, et, en 1856, il ne s'en trouvait plus que 500. (A. J. M.)

[

§ II.

Administration.

Anciennement, simple hameau d'Étrœungt, selon toute vraisemblance, La Rouillies se sera trouvée sous l'administration des mayeur et jurés ou échevins de ce chef-lieu communal, dont elle aura suivi les vicissitudes, jusqu'à ce que, vers le xv° siècle, sinon encore plus tard, elle aura obtenu une existence municipale propre, distincte.

La Rouillies, autrefois régie par la coutume du Vermandois, faisait partie, en 1789, du gouvernement, du bailliage et de la subdélégation d'Avesnes. Sous le rapport de la justice, elle dépendait de la prévôté d'Étrœungt. Comprise, en 1790, dans le district d'Avesnes et dans le canton d'Étrœungt, la commune de La Rouillies fut incorporée, en l'an X, au canton d'Avesnes-Sud, dont elle fait toujours partie.

Avant 1789, cette commune formait, au point de vue religieux, une succursale de la cure d'Étrœungt. Mais, lors du rétablissement du culte, elle fut constituée en paroisse et comprise dans le décanat dudit Étrœungt. Elle eut depuis lors pour desservants :

Dhaussy 1805—1816.	Joveniaux 1827—1829.
Maillard 1816—1820.	Brassart 1829—1835.
Longuet 1821—1823.	Ancelot 1835—1844.
Diebold 1823—1826.	Danjou 1844—1846.

La Rouillies possède une école primaire publique et un bureau de bienfaisance. Cette commune, qui fait partie de la perception d'Étrœungt, est desservie par le bureau de distribution des postes du même lieu.]

[

§ III.

Agriculture, Industrie et Commerce.

De tout temps, le commerce et l'industrie ont été à peu près nuls à La Rouillies, où la culture des propriétés rurales est presque l'unique ressource. Il y existe cependant deux brasseries.]

[

§ IV.

Monuments et Curiosités.

]

Le dernier endroit de la frontière des Pays-Bas, avant d'appartenir à la France, et le premier exposé aux coups de l'ennemi, combien [le village de La Rouillies] ne dut-il pas avoir à souffrir et du fréquent passage des armées et des incursions journalières des brigands ! On ne saurait douter qu'il n'ait été souvent pillé, ou même entièrement détruit. [Aussi, à part la Chaussée Brunehaut de Bavai à Reims, qui va aboutir à la route nouvelle vers l'église, on n'y rencontre ni monument ancien, ni antiquité quelconque, digne d'être cité.] La plupart des maisons qui composent ce village paraissent plus nouvelles que la chaussée de Paris, qu'elles bordent, de chaque côté, sur une longueur d'environ deux kilomètres. L'église actuelle, bâtie sur un monticule, à l'extrémité nord du village, n'est pas non plus très-ancienne [et n'a rien de remarquable. Elle a 28^m de long sur 9^m de large, et le clocher qui la surmonte a 25^m de hauteur. Il y existe trois cloches. fondues en 1837 aux frais de la commune. — N.-D. est la patronne du lieu.]

TITRE II.

[

LES SEIGNEURS D'ÉTRŒUNGT.

Avant de former un domaine féodal particulier, Étrœungt, Feron et La Rouillies faisaient partie de la terre d'Avesnes. Ils n'en furent détachés qu'en 1212, comme on le dira plus amplement ci-après.

On va analyser quelques faits historiques propres à ces localités, et qui, s'étant produits tandis qu'elles étaient encore possédées directement par les seigneurs d'Avesnes, ne pouvaient pas entrer dans la *Chronologie des seigneurs d'Etrœungt.*]

1095. — Feron était, dans le xiᵉ siècle, un aleu dont le nom resta au village qui le porte aujourd'hui. Thierry Iᵉʳ, seigneur d'Avesnes, [« pour parvenir à la céleste Jérusa- « lem »], donna cet aleu de Feron, en 1095, au monastère de Liessies, où il rétablit des bénédictins (1).

---

(1) M. Lebeau a donné, dans les *Archives historiques*, 2ᵉ série, tome VI, p. 31, un extrait de la charte de Gautier, évêque de Cambrai, confirmative de cette donation. (A. J. M.)

[1104. — Manassès, archevêque de Reims, assura aussi, à ce monastère, l'autel du même village (1).

1150. — L'un de ses successeurs, Nicolas, confirma à son tour, à ladite église, la possession du vinage d'Étrœungt (2).]

1189. — L'abbé de Liessies Helgot et Jacques d'Avesnes, l'un des successeurs de Thierry, arrêtèrent, vers 1189, les clauses du partage qu'ils firent, entre eux, des produits du bois de Feron, dont le fonds appartenait à l'abbaye et l'*advouerie* au seigneur d'Avesnes. [Après avoir réglé, de concert, l'aménagement du bois en vingt coupes, ils décidèrent que les produits se partageraient par moitié. Jacques, devant prochainement partir pour la croisade, mettait alors ordre à ses affaires. Quelques auteurs, sur de fausses indications, ont mal à propos donné à cet arrangement la date de 1180 ou de 1199 (3).

1190. — Le même seigneur fit donation, audit monastère de Liessies, de sept muids et demi de froment, à prélever sur les revenus d'Étrœungt (4).]

---

(1) *Ancien inventaire des chartes de Liessies.*
(2) Ibidem.
(3) St. Génois, 1, 314.
(4) *Archives de l'abb. de Liessies.*

4

[## CHRONOLOGIE DES SEIGNEURS D'ÉTRŒUNGT ,
avec la mention des évènements et faits historiques
qui se sont successivement produits dans
l'étendue de la terre de ce nom.

Bouchard d'Avesnes.

1212. — Gautier II, seigneur d'Avesnes, en considération
du mariage de son frère Bouchard avec Marguerite de
Flandre, lui donna la terre d'Étrœungt, qu'il *éclissa* de sa
seigneurie d'Avesnes, et une rente de 600 livres de blancs,
monnaie de Valenciennes, à;prendre sur ses vinages; à condition que Bouchard tiendra ces biens en fief de la terre
d'Avesnes et que, s'il meurt sans hoirs, ils retourneront
à Gautier ou à ses héritiers. — Ces dispositions furent
confirmées par le comte de Flandre Fernand, suivant des
lettres datées de Mons, le lendemain du jour de la Madeleine 1212 (1).

1212 et années suivantes.] — La relation circonstanciée
du mariage et du divorce de Bouchard avec Marguerite
étant un des épisodes les plus attachants de l'histoire [du
pays, on a jugé à propos d'entrer dans quelques détails à
ce sujet.]

A son départ (1202) pour l'Orient, où l'attendaient la
couronne impériale et une mort prématurée (1206), Bauduin laissa l'administration de ses états et la tutelle de
Jeanne et de Margucrite, ses deux filles, dont l'aînée n'a-
vait que sept ans, au comte de Namur, leur oncle; mais

---

(1) J. de Guyse, liv. XX, chap. VI.

n'ayant pas en lui une entière confiance, il lui adjoignit, comme pour lui former un conseil, Guillaume de Château-Thierry et Bouchard, l'un des fils du célèbre Jacques d'Avesnes.

Doué d'une physionomie agréable et d'heureuses dispositions, Bouchard avait inspiré de l'intérêt au comte et à la comtesse de Flandre, Philippe d'Alsace et Mathilde de Portugal, qui s'étaient chargés de le faire élever, et lui avaient donné quatre écuyers et quatre beaux chevaux. Après avoir terminé à Bruges ses premières études, il fut envoyé à Paris pour y achever son éducation. De là il se rendit à Orléans, revint ensuite à Tournai, et se produisit enfin à la cour de Bauduin, qui avait succédé à Philippe. Il y fit admirer son savoir, son éloquence, sa valeur et sa bonne mine. Il se distingua dans les tournois, et dans la guerre qui ensanglantait alors la Flandre. Richard Cœur-de-Lion lui ceignit, de sa propre main, l'épée de chevalier. Ses brillantes qualités et son aptitude aux affaires lui gagnèrent la faveur du prince et celle des peuples.

Les intrigues du comte de Namur, qui avait envoyé les jeunes princesses à la cour de Philippe-Auguste, soulevèrent tous les esprits; on craignait qu'il ne sacrifiât les intérêts de ses pupilles à ceux de la France; il dut se déporter de la tutelle, et Bouchard en resta chargé. Les provinces réclamèrent les filles de Bauduin, qui furent renvoyées. L'aînée épousa Fernand, neveu de la comtesse Mathilde, et la cadette alla habiter, avec les dames attachées à sa personne, l'hôtel de son tuteur, qu'elle trouva magnifiquement meublé. Malgré son jeune âge (1), plu-

---

(1) Philippe Mouskes a dit de la princesse qu'elle avait la beauté de la marguerite :

sieurs partis se présentèrent; le roi de France la demanda pour un chevalier du sang royal; le comte de Salisbury la rechercha pour son fils; mais ils furent tous éconduits. Peut-être avait-elle déjà disposé d'elle-même dans le secret de son cœur. Quoiqu'il en soit, Bouchard avait su lui plaire et lui parut seul digne de sa main. Il la conduisit au Quesnoy, où un prêtre du Nouvion leur donna la bénédiction nuptiale (1212). Les époux résidèrent au château d'Étrœungt, où Marguerite mit au monde Jean d'Avesnes, dans la première année de son mariage, et Bauduin, dans la seconde (1). Au comble de leurs vœux, oubliant dans l'ivresse de l'amour l'univers entier, et se suffisant à eux-mêmes, que pouvaient-ils désirer encore? rien ne manquait apparemment à leur bonheur.

Cependant une rumeur sourde, qui commençait à se répandre, vint aux oreilles de Bouchard lui rappeler qu'il avait été admis au nombre des chanoines et nommé trésorier de la riche église de Tournai; qu'une prébende lui avait été aussi accordée au chapitre de Notre-Dame de Laon, et qu'ayant été fait diacre à Orléans, il était engagé dans les ordres sacrés. Toutefois, il dissimula son inquiétude, et, ne voulant paraître intimidé ni par l'excommunication qu'Innocent III lança contre lui (1215), ni par une bulle plus ful-

---

« Qui biele estoit com margerie. »

(*Chron.*)

Il aurait pu ajouter qu'elle en avait aussi la précocité.

(1) « Bouchardus suam duxit uxorem apud Estrœn, et illuc per ma-
« gna tempora quieverunt pacifice. Anno eodem Margareta genuit
« Bouchardo filium unum, quem Joannem appellavit. Iterum anno
« sequenti secundum, quem appellavit Balduinum. » (Jacques de Guise, *Annales*, etc., lib. XX, cap. VIII.) — Bauduin d'Avesnes a laissé un recueil de généalogies précieux pour l'histoire.

minante d'Honorius III (1217), successeur d'Innocent, il osa réclamer, à main armée, le douaire de Marguerite. Il fut fait prisonnier et subit une longue détention. Jeanne, malgré les larmes et les supplications de sa sœur, paraissait inexorable. Elle finit néanmoins par se laisser fléchir et Bouchard fut relâché. Proscrit et fugitif, il erra pendant plusieurs années. Marguerite, emmenant partout ses enfants avec elle, l'accompagna dans le Laonnais, le Cambrésis, le pays de Liége. Menacée elle-même des foudres de l'Église, si elle ne se séparait de son *séducteur* (1219), elle ne manifesta aucune crainte, aucun trouble; jamais, au contraire, sa tendresse pour son époux et leur jeune famille, que l'adversité semblait lui avoir rendus plus chers, n'avait paru si vive, si affectueuse, si touchante. Ils étaient alors réfugiés au château d'Houffalize, où le seigneur leur avait généreusement offert l'hospitalité. Après un séjour de six ans, Marguerite se retira avec ses enfants au Rosoy, chez une sœur de Bouchard. Combien cette vie vagabonde et dépendante dut être pénible pour cette princesse si fière! et quelle héroïque constance ne lui fallut-il pas pour la supporter! Mais tout, dans ce monde, a un terme. Vraisemblablement rentrée en grâce et retournée à la cour, cette épouse si dévouée, cette mère si tendre, contracta un nouveau mariage avec Guillaume de Dampierre (1225) en accablant Bouchard et ses fils des marques du mépris le plus flétrissant et de la haine la plus implacable.

Ce changement, aussi incompréhensible qu'imprévu, causa un étonnement général et devint une source de calamités (1).

---

(1) Telles que des guerres acharnées entre la mère, les fils et les beaux-frères; le ravage de la Flandre et du Hainaut; le meurtre de l'aîné des Dampierre, etc.

On plaignit Bouchard. Quelques-uns disaient que Jeanne
l'avait fait assassiner sur le chemin de Rome, où il allait
implorer son pardon ; d'autres assuraient qu'elle l'avait fait
décapiter à Rupelmonde, et que sa tête avait été colportée
dans toutes les villes de Flandre et du Hainaut. Il vivait
pourtant, mais solitaire et résigné, dans le château d'É-
trœungt, où, plus de seize ans après avoir été abandonné de
Marguerite, il est vraisemblable que le souvenir des charmes
et la crainte des effets de la haine de cette princesse le tour-
mentaient encore.

[1239. — Par un pacte de famille du mardi après la mi-
carême de l'an 1238 (n. st. 1239) (1), Gautier, seigneur
d'Avesnes, assura la possession à Bouchard, et après lui à
ses fils Jean et Bauduin, héréditairement, pour tenir lieu de
sa part dans la succession de ses père et mère, non-seulement de la terre d'Étrœungt, avec ses dépendances et les
hommages y afférents, mais encore celle que Gui, son frère,
avait possédée au-delà (au nord relativement à Avesnes) de
la Haie d'Avesnes ; la moitié du vinage de Boulogne ; 100
livres sur celui de Landrecies ; 300 livres sur celui de Guise,
et 300 livres sur les vinage, forage, étalage et halle d'A-
vesnes (2). Cet arrangement, après avoir été ratifié le même
jour, tant par Hugues de Châtillon, comte de Blois, que
par sa femme, Marie d'Avesnes, fille et unique héritière de
Gautier (3), fut confirmé le lendemain par le comte de
Flandre, Thomas de Savoye, et par la comtesse Jeanne;
mais à charge, par Bouchard, de tenir les terres et droits

---

(1) J. de Guise, liv. XX.
(2) St. Génois, 1, 253 et 540.
(3) Ibidem, 1, 254 et 540.

qui lui avaient été ainsi attribués en hommage lige du seigneur d'Avesnes (4).

On présume que Bouchard habita le manoir d'Étrœungt] jusqu'à sa mort, dont la date, peu certaine d'ailleurs, ne remonte pas au-delà de 1241 (2). [C'est là, paraît-il, qu'il fit son testament et plusieurs ordonnances, peu de temps avant son décès (3).] Ses enfants, malgré la mauvaise volonté de leur mère, furent déclarés légitimes, et le comté de Hainaut passa dans la maison d'Avesnes (4).

[### Jean 1er d'Avesnes.

Jean, l'aîné des fils de Bouchard d'Avesnes, tint, après lui, la terre d'Étrœungt.]

1248. — Jean d'Avesnes et Alix, sa femme, avec le consentement de Bauduin, leur frère, et l'assentiment de leurs barons, accordèrent, en 1248, aux habitants des deux mairies d'Étrœungt, une charte communale en 51 articles,

---

(1) Ibidem, 1, 254 et 541.

(2) « Dans l'octave de la Vierge 1241...... Renaud, maître de la « milice du Temple dans le baillage de *Landimesio*, quitte et remet à « Bouchard d'Avesnes, toutes les difficultés qu'il avait avec lui au sujet « du vivier de *Saint-Albin* (Saint-Aubin) et des terres qu'il avait ac-« quises dans le territoire. » (Saint-Génois, 1, 548.) — « Bouchard, « son premier mari (le premier mari de Marguerite de Constantinople) « était mort en 1243, deux ans après le second. » (*Art de vérifier les dates*, tome XIII, page 325, 2e partie.)

(3) D'Outreman, page 140.

(4) Jacques de Guise, *Annales*, etc., liv. LX, c. 3 et 47, — Oudeghersi, *Chroniques et Annales de Flandre*, chap. CIII ; — Buzelin, *Annales Gallo-Flandriæ*, ann. 1203, 1212 et 1215; — M. Ed. Le Glay, *Histoire des comtes de Flandre*, in-8°, tome II, pages 70 et suivantes ; — M. Van Hasselt, *Belgique et Hollande*, page 30, dans l'*Univers pittoresque*.

outre le préambule, qui contient la réserve, faite par Jean, de trois hommes des noms de *Pieron, Rasson* et *Bertremieu*, et l'obligation imposée aux *bourgeois de la ville* de lui mener, à Avesnes, son blé battu. — Les 10 premiers articles composent une sorte de tarif des droits dûs au seigneur par les possesseurs de maisons ou héritages, les vendeurs et les acheteurs de denrées, de boissons ou de marchandises quelconques, et les maîtres de brasserie ; les 12e et 13e déterminent les cas et la durée du service militaire ; le 14 règle le mode de nomination du mayeur ; le 15e assimile les mesures d'Étrœungt à celles d'Avesnes ; les 17e, 18e, 19e et 20e sont relatifs à certaines conventions ou à leurs effets ; les 16e, 21e, 28, 29e, 30e, 31e, 32', 33e, 34e, 35e, 36e, 37e, 38e, 40e, 41e, 43e et 46e établissent, maintiennent ou modifient les peines applicables à différents méfaits. — La plupart de ces peines consistaient en amendes, dont la totalité ou les deux tiers se percevaient au profit du seigneur, l'autre tiers au profit des personnes lésées ; les 11e, 22e, 24e, 25e, 26e, 27e, 39e, 42e, 44e, 45e, 47e, 48e, 49e, 50e et 51e concernaient les droits des habitants de la seigneurie, les franchises et les prérogatives accordées par le seigneur. — *La ville d'Étrœungt et les bourgeois* ayant agréé cette charte, le seigneur et les assistants, au nom de tous, jurèrent de l'observer et de la maintenir. — Parmi les diverses dispositions qu'elle renferme, on remarque, notamment, celles qui fixent le taux des droits à payer par les marchands de toutes sortes étalant à la foire de la *Saint-Martin* ; celle qui affranchit les habitants des deux mairies du droit de main-morte ; celle qui autorise le bourgeois insulté dans sa maison, par un *vaurien*, à le battre *tant comme il volra* (autant qu'il le voudra), et à le jeter ensuite à la porte ; celle qui condamne la femme qui en injurie une autre à porter de grosses pierres suspendues au cou ; celle qui permet aux pères de famille de marier leurs enfants hors des limites de la seigneurie ; enfin, celles qui réservent au seigneur la faculté de mener les hommes en état de porter les armes, cinq fois l'an, contre ses ennemis, la première journée à leurs dépens, les suivantes aux siens, et un jour dans l'année, à leurs dépens encore, partout où il le jugera convenable (1).

[1254. — Jean d'Avesnes mit en la main de Robert de Basoven « le lendemain del jour de may 1254, » tout le fief qu'il tenait du comte de Blois : Étrœungt, Dourlers et leurs appartenances (2).

1257. — Jean mourut simple chevalier, la veille de la Noël 1257, laissant d'Alix de Hollande six fils, dont l'aîné, Jean II, devint comte de Hainaut après son aïeule, Marguerite, décédée le 11 février 1279. (n. st. 1280.)   ]

---

(1) Les chartes communales accordées par les seigneurs d'Avesnes, conçues dans le même esprit, contenant les mêmes dispositions, formulées dans les mêmes termes, semblent être l'œuvre d'un même personnage, et c'est vraisemblablement ce qui a fait croire à Legrand de Laleu, cité par M. Michaux '*Chronologie historique des seigneurs d'Avesnes*, article *Nicolas*, note 35), que la charte d'Étrœungt était de Nicolas d'Avesnes. Legrand de Laleu n'avait pas sans doute cette charte sous la main, ou, peut-être, en avait-il en vue une autre qui nous est inconnue. Celle dont il est ici question porte en tête : « El non le « pere..., Jou Jehans d'Avesnes, chlrs, flex de noble Dame Medame « Marggeritte, contesse de Flandres et de Hainaut, et Aelis, me fème, « faisons scavoir à tous cheulx qui present sont et qui advenir seront, « que, à tous les hômes manans ès deulx mairies de Estrun, lois et « communes convenauches, rentes et franquises, si cōme li ville de « Prisches, avons juret et octroiet... » [L'original de cette charte existait, en 1775, dans les archives de la terre d'Étrœungt, mais elle était dans un tel délabrement qu'il était impossible d'en tirer une copie exacte et complète. *(Note de M. Faussabry.)*]

(2) *Vidimus* du titre original.

Un autre fils de Jean Ier d'Avesnes, Bauduin d'Avesnes ou de Hainaut, obtint la terre d'Étrœungt, soit comme apanage, soit à tout autre titre.

[1265. — De son temps, Gilles, sire de Berlaimont, se déporta de tout ce qu'il avait acquis à la taille de Feron, ès bourgeoisie d'Étrœungt, à Cantraine et Warpont, et la remit entre les mains de Gérard d'Esclaibes, son frère, pour le reporter à Alix, veuve de Jean d'Avesnes, ainsi qu'il résulte d'une déclaration de Gérard « du dimanche après le witave « de le nativiteit Nostre Dame, 20 septembre 1265 (1). »

1283. — Bauduin, simple chevalier comme son père, fit son testament le mardi avant la Pentecôte 1283. Par cet acte, il lègue] « 20 sols de rente au prestrage (presbytère) « d'Estrœn pour un obit, et 20 sols de rente à l'aumosne « d'Estrœn ; donne ses meubles et chevaux à ses domes- « tiques, et ordonne que ses dettes soient payées sur les « revenus de la terre d'Estrœn »] et sur les 300 livres de rente que son frère, le comte de Hainaut, lui a assignées sur la forêt de Mormal (2).

[1283. — La mort de Bauduin suivit de près son testament.]

[*Jean II d'Avesnes.*

1283 — La terre d'Étrœungt retourna alors au comte de

---

(1) St.-Génois. I, 331 et 608. (A. J. M.)

(2) St.-Génois, I, 253. — M. Buchon, *Eclairciss. sur la Morée franç.*, in-4°, p. 215, note 8, donne au testament de Bauduin la date de 1280. Peut-être l'acte rapporté par St.-Génois n'est-il qu'un codicile.

Hainaut, Jean II, qui la donna, presque aussitôt, à Florent, le plus jeune de ses frères.]

[*Florent d'Avesnes.*

1283. — Florent d'Avesnes, dit de Hainaut, était déjà avantageusement connu à cette époque. Il avait gagné les bonnes grâces et mérité] les bienfaits du comte de Hollande, son parent, qui lui avait confié le gouvernement de la Hollande méridionale (1272). Dix ans plus tard (1282), Bouchard, son frère, évêque de Metz, l'avait délégué pour renouveler les jurés de cette ville.

[1283. — Ce fut par des lettres du vendredi après la Trinité, 18 juin 1283, que le comte de Hainaut assigna à Florent, pour sa part héréditaire, la terre d'Étrœungt et ses appartenances, sans autres charges que celles de fief, avec une rente de 400 livrées de terre sur les biens maternels situés en Hollande; s'en rapportant d'ailleurs, pour les autres droits de partage, à ce qui sera ordonné par sa mère, ses frères et ses amis (1). Le comte y ajouta d'autres terres dans la suite (1286) et il fut stipulé que si Florent mourait sans enfants, celles qu'il posséderait alors retourneraient au comte.

1285. — Florent fit, en cette année, un testament par lequel il ordonna différents legs, entr'autres, vingt sols à l'abbaye d'Hautmont (2).

1286. — Il engagea, le jour des Ames, 2 novembre 1286, les revenus de sa terre d'Étrœungt et du moulin du Buffle, pour payer les réparations qu'il y avait fait exécuter (3).

---

(1) St.-Génois, I, 332 et 711. (A. J. M.)
(2) St.-Génois, I, 233. (A. J. M.)
(3) St.-Génois, I, 332 et 739. (A. J. M.)

1287. — Florent fonda à perpétuité, cette année, une chapelle dans son château d'Étrœungt. Par un acte du « sa-« medy après les octaves de Paskes, ou mois d'avril (19 « avril) 1287, » il affecta à la dotation dn chapelain, 1° cinq muids de terre, mesure d'Avesnes, au terroir de St-Pierre ; 2° quatre muids de blé de mouture, à prendre au moulin du Buffle ; 3° une rasière de bois en la coupe courante du bois de Frochiel (Fresseau), après la taille de l'année ; 4° seize livres tournois, à convertir en héritages dans l'étendue de la justice d'Étrœungt ; 5° enfin, la table au château, pour cet ecclésiastique, tant que le seigneur sera audit lieu ; mais à charge, par le bénéficiaire, de dire la messe tous les jours à perpétuité (1).

1287. — Florent déclara, à Haspres, dans le jardin du prieuré, le mercredi avant St. Marc l'Evangéliste, en avril (21 avril) 1287, que le comte Jean, son frère, lui avait donné en partage, du consentement de ses autres frères, divers domaines, entr'autres Étrœungt et ses dépendances, tenus du seigneur d'Avesnes, et que tous ces biens, s'il n'avait pas de postérité, feraient retour au comte (2).

1289. — Florent accompagna, cette année,] le roi de Navarre, Charles II, dans sa capitale.

Charles d'Anjou, deuxième du nom, avait livré, en l'absence de Charles Ier, son père, un combat naval (1281) à l'a-miral Loria, qui commandait la flotte aragonaise. Battu et fait prisonnier, il avait d'abord été détenu en Sicile, et ensuite transféré en Aragon. Tandis qu'il était enfermé, son père mourut. Ayant enfin obtenu sa liberté, il alla prendre

---

(1) St.-Génois, I, 325 et 745. (A. J. M.)
(2) St.-Génois, I, 352 et 745. (A. J. M.)

possession de ses états. Florent, qui était allié à sa famille, s'attacha à sa personne et fut revêtu de la dignité de grand connétable.

1291. — Une jeune et noble veuve, Isabelle de Ville-hardoin, princesse de Morée et d'Achaïe, était alors à la cour de Naples. Florent rechercha et obtint sa main (1291). Isabelle était âgée de 25 ans. Elle en avait quatre à peine, lorsque ses parents l'avaient mariée à Louis-Philippe d'An-jou, qui mourut (1277) sans avoir consommé son mariage.

[1292. — Sur le point de s'embarquer pour la Morée, Florent et Isabelle demandèrent à Hugues de Châtillon, sei-gneur d'Avesnes, que, en cas de mort de Florent, sa veuve et ses enfants fussent admis à lui rendre hommage, par pro-cureur, pour la terre d'Etrœungt et ses appartenances, jus-qu'à ce que l'héritier fût en âge. Non-seulement Hugues y accéda, mais il prolongea encore le délai de huit années et consentit même à conserver les revenus de cette terre, pen-dant un an après la mort de Florent, et à les remettre alors au procureur chargé de lui faire l'hommage. Ces dispositions se trouvent consignées dans des lettres du seigneur d'Aves-nes du mardi après *Lœtare Jerusalem*, en mars 1291 (18 mars 1292, n. st.) (1)

1293. — Florent et sa jeune épouse étaient depuis peu de temps en Morée, qu'il] leur naquit une fille qui reçut le nom de Mathilde (Mahaut).

1295. — Jean d'Avesnes II, comte de Hainaut, affranchit, en 1295, les habitants de la terre d'Etrœungt « de tous im-» pôts, tailles, aides, subsides, maltotes, droits de main-» morte, de meilleur-catel, parchons, siervages, aubaineté,

---

(1) Saint-Génois, I, 333 et 802. (A. J. M.)

» bastardise et terrage. » [La charte de 1315, dont il sera
parlé ci-après, rappelle que ces exemptions ont été accordées
« par recognoissance nastale » (1).

1297. — Florent] se distingua par sa vaillance, et par
la sagesse de son gouvernement; mais après un règne de
cinq ans et quelques mois, il fut enlevé à sa famille et à ses
peuples. Mathilde était son unique héritière.

[*Isabelle de Villehardouin et Mathilde d'Avesnes.*

1297. — Profitant de la permission donnée en 1292, par
Hugues, seigneur d'Avesnes, Isabelle lui rendit hommage par
procureur, tant en son nom que comme garde-noble de sa
fille mineure, pour la terre d'Etrœungt et ses appartenances,
le samedi après la décollation de St-Jean, 31 août 1297 (2).

1301-1304. — Toujours qualifiée des titres de princesse
de Morée et de dame d'Etrœungt (3), cette princesse,] veuve
pour la seconde fois, dans un âge peu avancé, épousa Philippe de Savoye (1301) (4). Elle lui donna aussi une fille ;
mais ils ne négligèrent pas celle de Florent : sur le point de
quitter la Morée, ils la marièrent à Gui ou Guillaume de la
Roche, duc d'Athènes (1304).

1304. — Athènes, le berceau des arts, l'école des lettres,
la patrie d'une multitude de grands hommes dans tous les
genres ; cette ville célèbre, considérée, a dit Cicéron, comme
la source d'où se sont répandues par toute la terre, la civili-
sation, les sciences, la religion, l'agriculture et les lois (5) ;

(1) Cette charte est reproduite dans celle de 1315. (A. J. M.)
(2) Saint-Génois, I, 334 et 868. (A. J. M.)
(3) Saint-Génois, I, 335. (A. J. M.)
(4) Saint-Génois, I, 355. (A. J. M.)
(5) *Pro L. Flacco.*

Athènes était alors sous la domination d'un chevalier français. Gui de la Roche était, après le prince, le seigneur le plus puissant de la contrée. Mais il termina sa carrière au bout de quatre ans d'un mariage stérile (1308), ne laissant à Mathilde qu'un vain titre.

[1305. — Sausses de Boussois, au nom de cette princesse, rendit hommage, le 2ᵉ vendredi de septembre 1305, pour la terre d'Etrœungt, au comte de St-Pol, garde-noble de la sei. gneurie d'Avesnes (1).

1306 — Le même Sausses de Boussois, à cause de ladite terre, fut reconnu « homme en la main » des comtes de Blois et de St-Pol, pour le duc et la duchesse d'Athènes, suivant acte donné « à Avesnes, ès assises du 1ᵉʳ jeudi après la » quinzaine du jour St-Pierre et St-Paul, au mois de Fenail (14 juillet) 1306 » (2).

1308. — Isabelle, princesse de Morée, fit avec son neveu, Guillaume Iᵉʳ, comte de Hainaut, le samedi après la mi-carême 1307 (n. st. 1308), un accord concernant le prix du vivier du Buffle, à Etrœungt, que le comte Jean, père de Guillaume, avait acquis de Florent, mari d'Isabelle (3).

Gui de la Roche, duc d'Athènes, époux de Mathilde, mourut le 5 octobre 1308.

1308-1309. — Cette princesse abandonna, dès le 22 du même mois, à Isabelle, sa mère, l'administration de toutes ses terres du Hainaut, entr'autres Etrœungt, qu'elle finit par lui céder viagèrement par un acte daté de Mons le jour N.-D., en septembre (8 septembre) 1309 (4).   ]

---

(1) (2) Saint-Génois, I, 336, 357. (A. J. M.)

(3) Cartul. de Guillaume, comte de Hainaut, p. 77 ; — Saint-Génois, I, 357. (A. J. M.)

(4) Saint-Génois, I, 338. (A. J. M.)

1310. — Philippe de Savoye était retourné dans le Piémont, d'où Isabelle, qui l'avait accompagné, était passée en France, puis en Hainaut. Dès les premiers mois de son veuvage, Mathilde s'était hâtée de rejoindre sa mère. Elles visitèrent indubitablement le château d'Etrœungt, que le séjour de Marguerite de Constantinople avait illustré, et peut-être elles-mêmes y séjournèrent-elles quelques semaines.

[Isabelle profita de sa présence sur les lieux pour s'acquitter de ses devoirs féodaux envers Gui de Châtillon, seigneur d'Avesnes, au sujet du fief d'Etrœungt. L'acte de relief est daté du jeudi après l'octave de St-Pierre et de St-Paul 1310 (1).

1311. — Isabelle mourut en 1311, à la fleur de l'âge : elle n'avait guère que 45 ans. Dès-lors] Mathilde, qui, jusque là s'était bornée au titre de duchesse d'Athènes, prit celui de princesse de Morée et d'Achaïe.

1312. — Elle se rendit à la cour de France, la cour la plus galante de l'Europe. Une veuve de dix-neuf ans, avec son rang et sa fortune, ne pouvait manquer d'y être gracieusement accueillie. Elle s'y vit bientôt entourée d'une foule de prétendants. Louis de Bourgogne fixa le choix, sinon de de la princesse, du moins de Philippe-le-Bel, et Mathilde se trouva engagée dans de nouveaux nœuds (1312). Par ce mariage, elle devint reine de Thessalonique, car Louis de Bourgogne en était roi (2).

1315. — Les époux allèrent s'embarquer à Venise, avec une troupe nombreuse de Français et de Bourguignons, mirent à la voile, escortés par plusieurs bâtiments vénitiens, et firent route vers la Morée. — Ils la trouvèrent envahie,

---

(1) Saint-Génois, I, 338. (A. J. M.)
(2) Vinchant, III, 89 et 90. (A. J. M.)

agitée, pleine de trouble et de confusion. A l'arrivée de Louis, la plupart des hauts feudataires se déclarèrent en sa faveur. Il récupéra toute la principauté, à l'exception d'une seule place. Mais quelques mois étaient à peine écoulés depuis qu'il avait pris les rênes du gouvernement, que déjà il avait cessé de vivre (1316). On croit qu'il fut empoisonné par le comte de Céphalonie. (1)

[Dans l'intervalle, Guillaume, surnommé le Bon, comte de Hainaut, avait confirmé, par lettres du mardi après le jour de St-Remi de l'an 1315, les franchises et priviléges accordés en 1295 aux habitants d'Etrœungt, Feron et La Rouillies, « par feu de haute mémoire Jehan d'Avesnes, comte de Hai- » naut, son père et prédécesseur ; » mais à charge, par eux, de payer au comte, chaque année et à perpétuité, à la St-Jean-Baptiste, une redevance de 18 deniers blancs. (2)

1317-1324. — Mathilde fut, sans doute, vivement affec- tée de la perte de son mari :] elle n'était ni insensible ni in- grate. Son malheur dut toutefois ramener naturellement ses pensées sur elle-même. Veuve et orpheline à vingt-deux ans, au milieu d'une noblesse indisciplinée et d'un peuple esclave, il lui fallait un guide, un soutien. Elle crut l'avoir trouvé dans un chevalier français du nom de la Palisse, dont la famille était établie en Morée depuis le départ de Bau- duin II, et elle épousa secrètement ce chevalier. [C'était se placer dans une fausse position ; car] lors du mariage de Florent de Hainaut avec la princesse d'Achaïe et de Morée, il avait été stipulé « que si jamais la principauté venait à

---

(1) *Notes* de M. Buchon sur le ch. cclxx de la *Chronique* de Ramon Muntaner.

(2) Le titre original, sur parchemin et scellé, existait encore au ferme de la mairie d'Etrœungt en 1764. (A. J. M.)

« écheoir à une fille, elle pourrait régner seule ; mais que,
« si elle venait à se marier, elle devait obtenir la permis-
« sion du roi de Naples, faute de quoi elle serait déshéritée
« de la souveraineté de Morée et de toute la principauté (1).»

Robert, qui avait succédé à Charles II, et Philippe, son
frère, songeant à faire rentrer cette principauté dans leur
famille, imaginèrent de marier la veuve de Louis de Bourgogne au comte de Gravina, leur cadet. Dans ce dessein, ils
attirèrent Mathilde à Naples ; mais elle refusa obstinément
de se prêter à leurs vues. Peu disposés à y renoncer, ils
l'entrainèrent à Avignon, devant le pape Jean XXII. Là,
elle confessa que de la Palisse était son époux. Sans qu'un
tel obstacle les arrêtât, ils la remenèrent en Sicile, firent
déclarer nulle une union qu'ils prétendirent illégitime, et as-
servirent, par un pompeux simulacre de mariage, l'infortu-
née Mathilde au comte de Gravina, qui, en la dépouillant
de tout, l'enferma au château de l'OEuf, où il est présumable
qu'elle finit tristement ses jours. Cette odieuse profanation
du mariage, consommée en 1317, n'empêcha pas le comte
de Gravina d'en contracter un nouveau en 1321, du vivant
de Mathilde, qui était encore au château de l'OEuf en
1324 (2). Alors, Guillaume, comte de Hainaut, son cousin
germain, faisait expédier dans Valenciennes une procuration au cardinal Napoléon, afin d'emprunter jusqu'à 100,000
livres pour sa délivrance de prison (3). On ignore si elle
survécut longtemps à cette démarche de son parent, car depuis on n'entendit plus parler d'elle (4).

(1) Buchon.
(2) Buchon, *Eclairciss. sur la Morée française*.
(3, St.-Génois, 1, 340. (A. J. M.)
(4) Buchon.

ĺ 1330-1336. — Cependant on croit que son existence s'est prolongée jusque vers 1335 ou 1336, et que, jusqu'alors, elle a continué à jouir de la terre d'Étrœungt. Toujours est-il que, en 1330, ce domaine n'était pas encore rentré dans les mains du comte de Hainaut. C'est ce qui résulte d'un accord fait le jour de l'octave de St. Martin d'hiver de ladite année, entre le comte Guillaume Ier et Gui de Châtillon, seigneur d'Avesnes, et par lequel il est convenu, entre autres choses, que si la terre d'Étrœungt échéait au comte, il donnerait à Gui un homme pour la tenir de lui, ou un autre hommage de pareille valeur (1).

1334. — On voit, par des documents de cette année, que le comte, dans des arrangements précédents, s'était réservé les viviers d'Étrœungt (2).]

1336-1337. — Le comte de Blois se plaignait, en 1336 ou 1337, des entreprises du comte de Hainaut au sujet des terres d'Étrœungt et d'Avesnes (3).

[*Guillaume II d'Avesnes.*

1337. — C'est vraisemblablement sous ce comte, qui succéda à son père en 1337, que la seigneurie d'Étrœungt fut réincorporée aux domaines du Hainaut.

1345. — Tué en Frise en 1345, ses états passèrent à Marguerite, sa sœur.

Marguerite d'Avesnes.

1346. — Cette princesse, devenue comtesse de Hainaut,

---

(1) St.-Génois, I, 378. (A. J. M.)
(2) St.-Génois, I, 356. (A. J. M.)
(3) St.-Génois, I, 379. (A. J. M.)

abandonna Étrœungt et d'autres biens à sa sœur Isabelle, la plus jeune des filles de Guillaume Iᵉʳ, dit le Bon.

Isabelle d'Avesnes.

1346. — La part héréditaire d'Isabelle avait été fixée à 4,000 livres de revenu. La comtesse de Hainaut, pour s'acquitter envers elle, lui assigna les terres de Braine, de Kenaste et d'Étrœungt, y compris les viviers du Buffle et de Hérewinsart (Rainsars) (1).

1354. — Isabelle est qualifiée *dame d'Étrœungt*, dans un acte du 8 janvier 1353 (n. st. 1354) (2).

1360. — Elle vécut obscurément jusqu'en 1361 et conserva vraisemblablement jusqu'alors la terre d'Étrœungt. Cette princesse, après avoir vu rompre trois fois des projets d'alliance sacrifiés à des considérations politiques, épousa un simple chevalier, Robert de Namur, dont elle se sépara presqu'aussitôt, pour aller chercher un refuge dans le monastère de Fontenelles, où elle mourut bientôt dans le délaissement et l'oubli (3). Son épitaphe rapporte sa mort au 26 janvier 1360 (n. st. 1361) (4).]

1363. — Robert, après la mort d'Isabelle, réclama, [à main armée], du comte de Hainaut, Guillaume III, et d'Albert de Bavière, la somme, alors énorme de 50,000 livres, [qui lui restait due sur la dot de sa femme.] Le comte de Flandre, Louis de Male, choisi pour arbitre, alloua à Robert, [par une sentence du 13 mai 1363,] une rente viagère de 1999 écus *Joannes*, à tenir en fief du comte de Hainaut

---

(1) St.-Génois, I, 343. (A. J. M.)
(2) St.-Génois, I, 387. (A. J. M.)
(3) *Arch. hist.*, 2ᵉ série, I, 342. (A. J. M.)
(4) Ibidem, I, 344. (A. J. M.)

qui, pour sûreté, devait lui assigner les revenus d'Étrœungt et de Chièvres , et , en cas de besoin , la terre de Lessines (1).

[*Guillaume III et Albert de Bavière.*

Sous ces comtes, la terre d'Étrœungt fit de nouveau retour au domaine de Hainaut ; mais elle ne tarda pas à en être encore détachée.

Marguerite de Bavière.

1423. — Cette terre fut donnée à Marguerite, fille d'Albert de Bavière, laquelle épousa, le 9 avril 1385, Jean-Sans-Peur, comte de Nevers, devenu plus tard duc de Bourgogne. Elle mourut en 1423.

Jean de Bavière.

1423-1425. — Après Marguerite, la seigneurie d'Étrœungt passa à Jean de Bavière ; mais il n'en jouit que peu de temps, étant mort le 6 janvier 1424 (n. st. 1425). Elle retourna de nouveau au comté de Hainaut.

Jacqueline de Bavière.

1425-1428. — La terre d'Étrœungt a dû être tenue, pendant tout cet intervalle, par Philippe le Bon, duc de Bourgogne. On sait qu'il] en fit faire le relief, [suivant procuration du 12 novembre] 1428, par Jean de Croy, son chambellan, comme la tenant en foi et hommage du seigneur d'Avesnes, alors le comte de Penthièvre, Olivier de Bre-

---

(1) St.-Génois, 1, 925 ; — *Inventaire des titres de la Chambre des comptes de Lille*, AA, 23. (A. J. M.)

tagne (1). [Aussitôt après, le duc l'abandonna à son mandataire.

Jean II de Croy.

1428-1429. — En effet, le duc Philippe ayant fait don à Jean II de Croy, seigneur de Tour-sur-Marne, suivant des lettres du 12 novembre 1428, « en avancement de son ma-« riage avec Marie de Lalaing, dame d'Ecaüssines, d'une « somme de 4,000 livres (quarante gros de Flandre comté « pour cascune livre) (2), lui céda et transporta, en seureté « et payement d'icelle, pour lui, ses hoirs, successeurs ou « ayant-cause en joyr et possesser par manière de morte-« gaige, tant et si longuement et jusques à ce qu'ils seront « plainement payés tout à une fois, toute la terre et seigneu-« rie d'Estrœng-le-Cauchie, ensemble les bois, prées, eauwes, « maisons, fours, moulins et autres ses appartenances et ap-• pendances. » — Cette cession fut sanctionnée par lettres-patentes de Jacqueline de Bavière, comtesse de Hainaut, du 25 janvier 1428 (n. st. 1429) (3).

Jean acquit aussi, en 1429, de Gerars Durot, receveur de morte-main du Hainaut, « la *Court des Moisnes*, en la terre « et seigneurie d'Estrun. » Il obtint, du duc de Bourgogne, la confirmation de cet arrangement par un acte du 26 février 1428 (n. st. 1429) (4).

Né vers 1395, Jean II de Croy était un fils puîné de Jean Ier, sire de Croy et de Renti, grand bouteiller de

---

(1) *Archives de la pairie d'Avesnes*. (A. J. M.)
(2) Des lettres de Gérard de Maurage, bailli d'Avesnes, du 12 novembre 1428, rappelées par M. Gachard, disent 4,000 florins, écus de France. (A. J. M.)
(3) *Archives de l'Empire*, K, 544. (A. J. M.)
(4) Ibidem. (A. J. M.)

France. Il fut conseiller et chambellan du duc Philippe-le-Bon ; chevalier de la Toison-d'Or, et obtint, en 1434, la charge de grand-bailli et capitaine-général du Hainaut.

1460. — Le duc le nomma prévôt et capitaine de Maubeuge, suivant commissions des 12 et 20 février 1459 (n. st. 1460) (1).

1462. — Par lettres du 6 janvier 1461 (n. st. 1462), Louis XI le nomma aussi son conseiller et chambellan (2).

1463-1469. — Jean de Croy s'était acquis une grande réputation dans les conseils et dans les armées. Cependant, en 1465, Charles, comte de Charolais, qui le détestait, profitant d'un moment où les jours du duc de Bourgogne, son père, étaient en péril, bannit de la cour lui et son fils, et confisqua leurs biens. Ils se retirèrent en France, où déjà Louis XI les avait attirés par des honneurs et des libéralités. Mais, en 1469, Charles, alors duc de Bourgogne, leur rendit ses bonnes grâces et restitua leurs biens.

1472. — Il érigea même en *comté*, en leur faveur, par lettres du 13 octobre 1472, la terre de Chimay (3), qui se maintint très-long-temps dans leur famille.

1473. — Jean, que l'on appelait *le comte à la Houssette*, « pour les bottines qu'il portait ordinairement à la chasse « de faulconnerie » (4), » mourut à Valenciennes en 1473 (5)

---

(1) *Archives de Beaumont*, liasse 74. (A. J. M.)

(2) Ibidem, liasse 20. (A. J. M.)

(3) On n'est pas d'accord sur la date de l'érection de cette terre en *comté*. Les uns la rapportent à l'année 1470 ; M. Gachard indique le mois de janvier 1473. On s'en est tenu à un extrait du titre d'érection, qui accuse le 13 octobre 1472. (A. J. M.)

(4) Vinchant, IV, 353, (A. J. M.)

(5) M. Gachard, *Notice* sur les archives du duc de Caraman, p. 10.

(A. J. M.)

et son corps fut transporté à Chimay. Il eut de Marie de Lalaing douze enfants, dont l'aîné suit (1).

Philippe I^e, de Croy.

1473. — Le fief d'Étrœungt, dans lequel se trouvaient in-
corporés Cloucy, le Grand-Bois, Feron et le Buffle, appartenait alors à ce seigneur (2), qui fut bientôt décoré de la
Toison-d'Or ; fait premier chambellan (1477) et lieutenant-
général du duc d'Autriche ; nommé gouverneur des villes
et châteaux du Quesnoy et de Bouchain (1478) (3).]

1477. — Avant la réunion d'une partie du midi du Hainaut à la France, la position d'Étrœungt, à moins de trois
kilomètres de l'extrême frontière, a dû lui être fatale en plus
d'une occasion. — Louis XI, qui semblait avoir voué le Hainaut à l'ange exterminateur ; qui abandonna cette province à
tous les excès d'une soldatesque effrénée ; qui, afin que la
famine y tuât les malheureux échappés au fer et à la
flamme, y fit couper les blés verts par des faucheurs tirés
exprès du Vermandois, du Soissonnais, du Beauvoisis, du
Valois et des environs de Paris, au nombre de 10,000 ;
Louis XI n'épargna vraisemblablement pas Étrœungt, qu'il
traversa pour assister à la prise et au sac d'Avesnes (4).

[Philippe, désireux de rentrer en possession de son château de Chimay, dont les Français s'étaient emparés, réunit
toutes ses forces à portée de là, en 1477, et parvint à le reprendre par escalade.

---

(1) D. Plancher, *Hist. de Bourgogne*, IV, 220 à 374 ; — De Barante,
Hist. des ducs de Bourgogne, t. VI, et VIII ; — De Courcelles, VIII,
art. de *Croy* ; — Vinchant, IV, 353. (A. J. M.)

(2) St.-Génois, I, 1. (A. J. M.)

(3) *Archives de Beaumont*, liasse 50. (A. J. M.)

(4) « Par un mardi, nuict de Sainct-Barnabé, le roi estant à Estrœs,

63

1478. — Il eut l'honneur de tenir sur les fonts de baptême, en juillet 1478, le fils aîné de l'archiduc Maximilien, et de lui donner son nom. Ce jeune prince devint roi d'Espagne.

1482. — Philippe de Croy mourut à Bruges le 13 septembre 1482 et fut enterré à Mons. Il était « preux et vail- « lant aux armes, élégant personnage, moult éloquent, sage « et discret en toutes ses affaires, et fort bien adressé en « toutes ses qualités de bonnes mœurs » (1).

Charles Ier de Croy.

1482. — Fils aîné de Philippe Ier, il hérita de la plupart de ses titres et de ses biens, entr'autres du comté de Chimay, qui fut érigé en principauté en 1486, et de la terre d'Étrœungt.

1493. — Par lettres du 20 novembre de cette année, Maximilien, roi des Romains, et son fils Philippe, archiduc d'Autriche, déchargèrent les habitants de la seigneurie d'É-trœungt, pour quatre années consécutives, des aides, tailles et impositions assises dans le comté de Hainaut.

1500. — L'archiduc Philippe, depuis roi d'Espagne, ho-

« ensemble le seigneur d'Albrecht, avironnés de grande armée, furnis « de serpentines, bombardelles, courteaux et autres artilleries.... » *(Chroniques de J. Molinet, chap. XLII.)* « Ce très-chrestien roy Loys... « convertit ses lances en faulx, et livra guerre aux bleds et aux « avoines.... et pensa d'avoir par horreur ce qu'il ne povoit avoir par « honneur. Dont, pour mettre ce hideux faict à exécution finale, au « mois de juillet, que les bleds ne sont tous verds ne tous meurs, et « que la despouille mise ès greniers ne proufitoit ne aux gens, ne aux « bestes, il fit assembler d'autour de Paris, de Soissonnois, de Verman- « dois, de Beauvesis et de Valois, plus de 10,000 faulcheurs, et en en- « voya la pluspart au Quesnoy... » (Ibid., ch. XLV.)

(1) Molinet, II, 314. (A. J. M.)

norait le prince de Chimay d'une si grande estime, qu'il le choisit pour parrain de son fils Charles, depuis Charles-Quint. Charles de Croy, en donnant son nom au jeune prince, dont il fut plus tard le gouverneur, lui fit hommage « d'un riche armet, garni d'or et de pierres pré- « cieuses, au sommet duquel estoit un fenix d'or qui se « brusloit et espardoit de ses esles grans estocz de feu (1). »

1502-1503. — Charles de Croy était, en 1502, en défaut de relief pour sa terre d'Étrœungt, qui relevait de la pairie d'Avesnes (2). Mais il est à remarquer que ce prince tenait à la fois les deux seigneuries: la première comme venant de son patrimoine, et la seconde à titre de sa femme, Louise d'Albret.

1515. — Il fut nommé gouverneur de Binche, par Charles, prince d'Espagne, le 31 août 1515 (3).

1527. — Charles de Croy mourut à Beaumont le 11 septembre 1527 et fut inhumé dans le chœur de l'église collégiale de Chimay, sous une magnifique sépulture, abattue pendant les guerres de Charles-Quint. Il laissa de sa femme, qui lui survécut jusqu'au 21 septembre 1535, plusieurs filles (4).

Anne de Croy et Philippe II de Croy.

1527-1539. — Les terres d'Avesnes et d'Étrœungt échurent, à la mort de Charles de Croy, à l'une de ses filles,

---

(1) Jean Lefebvre, *Grandes histoires du Hainaut*. (A. J. M.)

(2) Déclar. de Jehan, bâtard de Floyon, bailli d'Avesnes, en date du 28 octobre 1503. (A. J. M.)

(3) *Archives de Beaumont*, liasse 44. (A. J. M.)

(4) Pour ce sgr. et pour ses successeurs, on s'est beaucoup aidé des généalogies des familles de *Croy* et d'*Arenberg*, données par M. de Courcelles. (A. J. M.)

Anne, devenue héritière des plus belles possessions de son père. Elle avait épousé, en 1520, Philippe II, sire de Croy, qui fut premier duc d'Arschot en 1533. Ce seigneur, qui avait été créé chevalier de la Toison-d'Or en 1516, fut chambellan de Charles-Quint, qui le fit premier chef de ses finances, lui donna la charge de lieutenant et capitaine-général du pays de Hainaut (1521), et, postérieurement, celle de grand-bailli de la même province (1537). Lorsque l'Empereur vint d'Espagne, en 1543, pour défendre les Pays-Bas envahis, il le nomma capitaine-général de son armée. — Philippe acquit en 1545, cinq terres, entre autres Feignies, en échange des ville, château et terre de Landrecies, dont il fit la cession au domaine (1). — C'est lui qui fit bâtir les beaux châteaux de Beaumont et de Clairefontaine. Il mourut doyen des chevaliers de la Toison-d'Or, en avril 1549, à Bruxelles, d'où son corps fut rapporté à Avesnes et son cœur à Beaumont. — Morte en Hollande le 6 août 1539, Anne l'avait donc précédé de dix ans dans la tombe.

Charles II de Croy.

1539. — Charles, l'aîné des fils de Philippe et d'Anne de Croy, hérita, à la mort de sa mère, des seigneuries d'Avesnes et d'Étrœungt.]

1543. — Lorsque l'armée française, commandée par d'Annebaud, s'avançant, à la fin de mai 1543, vers la frontière, partit d'Estrée-au-Pont, le sr de Longueval, avec 50 hommes d'armes, Martin du Bellay, avec sa compagnie, et le capitaine Lalande, avec 1,000 hommes de pied, furent détachés pour aller prendre position entre Avesnes et les

---

(1) *Archives de Beaumont,* liasse 79. (A.J.M.)

bois qui l'environnaient au nord, afin d'empêcher que la ville pût être secourue. En approchant de l'Helpe-Mineure, qu'il fallait traverser, du Bellay, qui avait pris le devant, au lieu d'entrer dans Étrœungt, où l'accès du pont était défendu par un blockhaus, remonta la rivière jusqu'auprès de l'étang du Buffle, la franchit malgré la hauteur des bords, et, tandis que, se montrant aux portes d'Avesnes, il en interdisait la sortie, Lalande et de Longueval s'emparèrent d'Étrœungt, emportèrent le blockhaus d'assaut, et en passèrent au fil de l'épée la garnison, forte de 300 hommes (1).

Assurément bien d'autres calamités fondirent sur Étrœungt dans ces temps désastreux où, indépendamment des expéditions militaires qui étendaient leurs ravages sur de vastes contrées, les habitants des frontières contiguës, animés par la haine, la cupidité, la vengeance, et armés de tout ce qui, dans leurs mains, pouvait devenir des instruments de mort ou de destruction, se ruaient par troupes sur le territoire ennemi, pillaient, dévastaient, violaient, massacraient, incendiaient, enlevant ce qu'il était possible d'emporter ou d'entraîner, jusqu'au cultivateur surpris dans son champ, et qui ne recouvrait la liberté qu'au prix d'une forte rançon. Mais dans le récit des maux que la guerre engendre, l'histoire s'occupe des masses et néglige souvent les détails.

[1550. — Il reçut, pendant cette année, en son château de Beaumont, l'empereur Charles-Quint et Philippe, son fils.

1551. — Charles de Croy fut assassiné à Quiévrain, le 24 juin 1551. Il ne laissa aucune postérité de ses deux femmes. Ses biens échurent à Philippe, son frère.

---

(1) Martin du Bellay. *Mémoires*, liv. X.

Philippe III de Croy.

Philippe III, né à Valenciennes le 10 juillet 1526, fut sire de Croy, duc d'Arschot, prince du St.-Empire et de Chimay, comte de Beaumont, seigneur d'Avesnes, de Landrecies, d'Étrœungt, grand d'Espagne, chevalier de la Toison d'Or, conseiller d'Etat.

1552-1554. — Il venait à peine de prendre « possession de « la franche ville et terre d'Estrœng-la-Chaulchée, » que tout le plat pays fut envahi, à deux reprises différentes, (1552-1554), par les armées françaises, qui y commirent d'affreux dégâts. Toute la terre d'Étrœungt fut dévastée, saccagée, pendant cette dure période de calamités. L'église de ce bourg fut alors brûlée et détruite de fond en comble. La contrée, après le départ de l'ennemi, offrait l'aspect d'un vaste désert couvert de ruines hideuses.

1556. — Philippe céda au roi d'Espagne les ville, château et banlieue d'Avesnes, le 22 juin de cette année (1).]

1566. — Étrœungt avait tellement souffert [des dernières guerres], que les marchés et les foires y avaient cessé d'être fréquentés et même tenus. [Tâchant de rendre à cette localité l'importance qu'elle avait perdue, le seigneur féodal,] Philippe de Croy, par lettres datées de Beaumont le 4 février 1565 [n. st. 1566], autorisa le rétablissement des trois foires franches de juillet, août et novembre de chaque année, et du marché du mardi de chaque semaine. Ce prince, par les mêmes lettres, accorda aux habitants du bourg la faculté d'y ériger une halle, des loges, des hangars, des boutiques, et d'arborer l'ai-

---

(1) Copie du titre. (A. J. M.)

1576. — On procéda, le 3 juin, à l'abornement des territoires de La Rouillies et de la Flamengrie, dont les limites
avaient été contestées.

1577. — Nommé, le 20 septembre 1577, gouverneur et
capitaine-général de Flandre par les Etats-Généraux des
Pays-Bas, Philippe de Croy fut mis dans l'impossibilité d'en
remplir les fonctions. A cette occasion, il fut même arrêté
à Gand, « mené en pure chemise, à pieds et teste nue, en la
» prison de la ville. »

1580. — En mariant son fils avec Marie de Brimeu, il
lui donna la principauté de Chimay, avec le pouvoir d'en
porter le titre.

1595. — Sa carrière politique était terminée depuis long-
temps, quand, dans un voyage d'Italie et se trouvant à Venise, il y mourut le 11 décembre 1595. — Il avait épousé :
en 1559, Jeanne-Henriette de Hallwin, et, en 1582, Jeanne
de Blois-Trélon. La seigneurie d'Etrœungt, qui formait à la
mort de Philippe, un « membre de la principauté de Chi-
» may, » passa, comme la terre d'Avesnes, à Charles, son
fils aîné, issu de son premier mariage.

Charles III de Croy.

Charles, duc de Croy et d'Arschot, prince du St-Empire et
de Chimay, comte de Beaumont, baron d'Etrœungt, seigneur
de la terre et pairie d'Avesnes, etc., grand d'Espagne de
première classe, chevalier de la Toison-d'Or, membre du conseil d'Etat et général des armées espagnoles aux Pays-Bas,
naquit à Beaumont le 1ᵉʳ juillet 1560. Après avoir occupé
beaucoup de postes importants, il fut nommé par S. M. C.
en 1593, et par l'archiduc Albert en 1598 et en 1599, lieutenant, gouverneur, capitaine-général et grand-bailli de Hainaut, puis, en 1596, gouverneur et capitaine-général du
comté d'Artois.

gle pendant les sept jours de durée de chaque foire , pour
en signaler la tenue (1).

1566. — Les faveurs peu communes qu'ils durent à la
libéralité de leurs seigneurs , procurèrent aux habitants
d'Etrœungt de notables avantages ; mais elles les exposè-
rent aussi à de fâcheux mécomptes, à des démarches dispen-
dieuses, à des procès ruineux.

En 1566, un sergent de la haute cour de Mons ayant ap-
préhendé, pour dettes, un habitant du bourg, et voulant em-
mener son prisonnier, en fut empêché par les officiers de la
seigneurie, qui s'assemblèrent , firent arrêter le sergent, et
l'envoyèrent dans la prison de Beaumont. La haute cour fit
d'abord sommer les officiers d'Etrœungt et de Beaumont de
relâcher le sergent, sans frais ; mais ils s'y refusèrent. Cette
sommation ayant été réitérée sans plus de succès, la cour dépêcha un autre sergent, avec deux hommes de fief, et les officiers d'Etrœungt furent emprisonnés à leur tour. Le duc
d'Arschot, leur seigneur, se plaignit de la violation de leurs
priviléges à la duchesse de Parme, gouvernante des Pays-
Bas , qui, pour mettre fin à cette difficulté , ordonna que le
sergent détenu à Beaumont fût relâché , puis conduit à
Etrœungt, afin d'y reprendre sa masse, qu'on avait retenue
pour les dépens, et qu'ensuite les officiers qui étaient en prison fussent remis en liberté. Elle déclara, en outre, qu'il ne
pourrait, à l'avenir, être exercé de poursuites, dans la terre
d'Etrœungt, qu'en vertu d'un jugement de la haute cour de
Mons. [L'ordonnance de la gouvernante est datée de Bruxelles le 4 mai 1566. (2)

(1) Les lettres dont il s'agit ont été textuellement reproduites dans
les *Archives historiques,* 2e série, t. VI, p. 19. (A. J. M.)
(2) Cette ordonnance figure, dans le même recueil, 2e série , IV,
19. (A. J. M.)

1602. — Les archiducs accordèrent à ce seigneur, par lettres-patentes du 21 janvier 1602, l'autorisation d'éclisser plusieurs parties de biens des seigneuries d'Avesnes et d'Etrœungt.

1610. — Par son testament du 1er juillet 1610, Charles disposa de tous ses domaines. Il institua son neveu, Alexandre, prince d'Arenberg, héritier de la principauté de Chimay, dont Etrœungt paraît avoir suivi la condition ; des terres d'Avesnes, de Beaumont, de Fumay, de Revin, etc. ; mais à charge de les vendre par recours public, et sous la condition que celui-ci ajouterait à son nom et à ses armes les nom et armes de Croy et de Chimay.

1612. — Charles de Croy était ami des arts et des lettres et très-laborieux. Il mourut le 13 janvier 1612, et quoiqu'il eut été marié deux fois : 1°, en 1580, avec Marie de Brimeu, comtesse de Méghem, et 2°, en 1605, avec Dorothée de Croy, il n'eut pas d'enfants.

Alexandre, prince d'Arenberg.

1613. — Ce prince, fils de Charles de Ligne, prince d'Arenberg et d'Anne de Croy, se rendit adjudicataire à Mons, le 8 juin 1613, des terres désignées dans le testament précité de 1610 et prit dès-lors le nom d'Alexandre de Croy-Chimay-d'Arenberg. Il attendit sa majorité pour faire le relief de ces fiefs, qui eut lieu le 16 juin 1614 devant la cour féodale du Hainaut. Pour la terre d'Etrœungt, il n'avait à remplir aucun devoir de cette nature, parce que le fief servant et le fief dominant étaient dans les mêmes mains. C'est ce qui aura fait dire que cette terre était indépendante, d'une nature allodiale.

1629. — Ce prince, fait chevalier de la Toison-d'Or dès l'an 1621, fut tué à la surprise de Wesel, le 16 août 1629.

De Madeleine d'Egmont, qu'il avait épousée en 1613, il eut quatre enfants.

Albert de Croy-Chimay-d'Arenberg.

1629. — Albert, l'aîné des fils d'Alexandre, prince d'Arenberg, né en 1618, lui succéda dans les seigneuries de Chimay, de Beaumont, d'Avesnes, d'Étrœungt, etc.

1631. — Marie de Médicis, lors de sa fuite dans les Pays-Bas, passa par La Rouillies, où le chemin qu'elle suivit a conservé depuis le nom de *Chemin de la Reine*, et par Étrœungt, en se rendant à Avesnes.] Jouet des ruses d'un ministre et se condamnant elle-même à l'exil, la veuve d'Henri IV vint, dans la nuit du 19 au 20 juillet 1631, loger à Étrœungt, accompagnée de deux femmes de chambre, de son chirurgien et de deux hommes à cheval. Elle s'était échappée le 18, à dix heures du soir, du château de Compiègne, et s'était mise en route pour La Capelle, avec le dessein de s'en emparer et de s'en faire une place de sûreté. Elle croyait y être attendue par le jeune marquis de Vardes, avec qui elle entretenait des intelligences. En l'absence de son père, qui était gouverneur de La Capelle, le jeune marquis de Vardes exerçait cette charge, dont il avait la survivance. La reine, en arrivant au faubourg, rencontra plusieurs dames éplorées qui lui apprirent qu'on les avait bannies parce qu'elles lui étaient dévouées ; que le vieux marquis l'avait devancée ; qu'il avait mis son fils aux arrêts, rassemblé la garnison, et qu'il faisait garder les portes. Instruit des projets de la princesse, Richelieu avait expédié au vieux marquis de Vardes l'ordre de se rendre au plus tôt dans son gouvernement, et cet officier s'était empressé d'obéir. Marie de Médicis connaissait sa rigidité ; elle passa outre, en se hâtant de gagner la frontière. Le 20, elle entra dans Avesnes, dont le

gouverneur était allé à sa rencontre, suivi d'un nombreux
cortége de dames en habits de bergères. Elle fut accueillie
par les corps d'officiers civils et militaires, au bruit des fan-
fares, des salves d'artillerie, des acclamations des habitants,
et haranguée par le mayeur. Elle s'arrêta plusieurs jours
dans cette ville, où le gouverneur du Hainaut la complimenta
de la part de l'archiduchesse Isabelle, souveraine des Pays-
Bas. Invitée à se rendre à Mons, elle se remit en chemin [le
29 juillet] accompagnée du marquis d'Ayton, et sous l'es-
corte des gens d'armes de l'archiduchesse. Elle se fixa d'a-
bord à Bruxelles, où elle se forma une petite cour ; puis, la
guerre devenant imminente, elle craignit d'être surprise et
se retira dans la Hollande, qu'elle parcourut. Elle se rendit
ensuite en Angleterre, où elle séjourna plusieurs mois. Ayant
repassé la mer, elle alla habiter Cologne, et y mourut dans
l'indigence, en 1642 (1).

1635. — Ce fut à La-Rouillies que, pour la dernière fois,
une déclaration de guerre se fit par le ministère d'un héraut.
Louis XIII, décidé à rompre avec l'Espagne, dépêcha à la

---

(1) Le P. Griffet, *Histoire du règne de Louis XIII*, tom. 2, pag. 57
et suivantes. — « Comme j'allais me retirer, je ne sais quelle pointe a
« percé la semelle de ma botte ; j'ai baissé les yeux, c'était la tête
« d'un clou de cuivre enfoncé dans une large dalle de marbre noir sur
« laquelle je marchais. Je me suis souvenu, en examinant cette pierre,
« que Marie de Médicis avait voulu que son cœur fût déposé sous le
« pavé de la cathédrale de Cologne, devant la chapelle des Trois-Rois.
« Cette dalle, que je foulais aux pieds, recouvre sans doute ce cœur...
« Marie de Médicis, cette veuve de Henri IV, exilée, abandonnée,
» indigente comme l'a été, quelques années plus tard, sa fille Henriette,
» veuve de Charles Ier, est venue mourir à Cologne, en 1642, dans le
» logis d'Ibach, Sternegasse, n° 10, dans la maison même où, soixante-
« cinq ans auparavant, en 1577, Rubens, son peintre, était né. » (M.
Victor Hugo, *Le Rhin*, Lettre X.)

cour de Bruxelles, en mai 1635, Jean Gratiolet, héraut d'armes sous le titre d'*Alençon*, accompagné d'un trompette, et portant la cotte d'armes, la toque, le bâton semé de fleurs de lis, pour déclarer la guerre au Cardinal infant. Ce prince, qui ne savait s'il devait ou non recevoir l'envoyé du roi de France, assembla son conseil. La décision se faisant trop attendre, Gratiolet s'acquitta de son message du mieux qu'il put, dans les rues de Bruxelles, et revint sur ses pas. Arrivé le 21 mai à La-Rouillies, il y planta un poteau, au bord du chemin, vis-à-vis de l'église, et y afficha la déclaration, aux bruyants éclats de la trompette, qui sonnait la chamade (1).

[1636-1637. — Une maladie pestilentielle sévit avec violence dans le pays pendant cette période. Étrœungt et les villages voisins payèrent largement leur tribut au fléau, qui ne cessa absolument ses ravages que quelques années plus tard.

La guerre déclarée en 1635, prit, dès 1636, un caractère de sérieuse hostilité. Les Français, par représailles des excès auxquels les Espagnols s'étaient livrés lorsqu'ils prirent La Capelle, Hirson et d'autres places, commirent de grands dégâts sur la frontière du Hainaut. C'est alors que furent brûlées l'église et la majeure partie du village de Feron. — En 1637, la milice de la Thiérache étant venue brûler Floyon, qui était fortifié, ravagea aussi Étrœungt et les villages environnants. Dans l'été, les Français prirent Landrecies, Maubeuge, menacèrent Avesnes, en se retirant

---

(1) Le P. Griffet, *Histoire du règne de Louis XIII*, tom. II, pag. 574 et suiv.;— M. Michaux. Feuilleton de l'*Observateur* du 3 novembre 1842, où toutes les circonstances de la mission de Gratiolet sont exactement rapportées.

sur La-Capelle, et finirent par s'emparer, de vive force, des
châteaux de La-Lobiette, de Trélon, de Glageon et de Solre.
On comprend facilement combien Étrœungt, placé sur la
frontière et traversé par un grand chemin, a dû souffrir du
passage et des courses continuelles des armées belligéran-
tes.

1642-1643. — Ce bourg éprouva de nouveaux dégâts lors
des irruptions que les Français firent en Hainaut pendant
ces deux années.

1643. — Le prince Albert mourut le 16 novembre 1643,
sans laisser d'enfants de son mariage avec Claire-Eugénie
d'Arenberg, sa cousine. Philippe, second fils d'Alexandre
d'Arenberg, hérita des biens de son frère.

Philippe de Croy-Chimay-d'Arenberg.

1643 — Ce prince se mit en possession des seigneuries
de Chimay, de Beaumont, d'Avesnes, d'Étrœungt, après
avoir été autorisé, par arrêt de la Cour souveraine de Mons,
en date du 9 décembre 1643, à relever ces terres, sans s'im-
miscer aux dettes de la succession.

1649, 1650 et 1651. — Pendant les campagnes militaires
de ces années, le plat pays, sur la frontière méridionale du
Hainaut, subit de grands désastres. Étrœungt, La-Rouillies
et Feron ne furent aucunement épargnés.

1651. — Le prince Philippe obtint, par lettres du roi
d'Espagne du 30 septembre 1651, l'autorisation d'éclisser et
de vendre, de ses terres d'Avesnes, de Chimay et de Beaumont, telles parties qu'il trouverait convenir ; comme aussi
de convertir en main-ferme environ 30 muids d'héritage
du vivier du Buffle, dépendant de sa terre et baronnie d'É-
trœungt.

Il serait difficile de se faire une idée exacte des désastres et des malheurs qui affligèrent la population du pays, pendant la longue période de 1651 à 1659.] Foulé dans tous les sens par un passage continuel de troupes, le Hainaut était en outre pressuré par toutes sortes d'exacteurs qui, se relayant, levaient tour-à-tour des taxes plus ou moins fortes, mais avec une égale rigueur, tantôt au nom du prince, à titre d'emprunt; tantôt au nom d'un chef ennemi, comme contribution de guerre. Les denrées, les moissons étaient enlevées ; les meubles emportés ou brisés ; les troupeaux emmenés ou égorgés par les fourrageurs et les maraudeurs. La disette, croissant de jour en jour, devint extrême sur cette terre désolée et alors peu fertile. Les personnes n'étaient pas non plus en sûreté, même dans leurs habitations, dont la plupart néanmoins, surtout celles qui étaient isolées, paraissaient impénétrables. Les murs en étaient épais ; une petite fenêtre carrée, attenante au toit, et que d'épais croisillons partageaient en quatre lucarnes, éclairait l'intérieur; la porte, garnie de clous à large tête, se fermait en dedans, soit avec de gros verroux, soit avec des barres de fer. Lorsqu'on avait résolu de se défendre, les postes étaient distribués à peu près ainsi : le père de famille gardait la porte et promenait à la ronde ses regards inquiets ; sa femme se tenait auprès de lui tremblante, ses fils occupaient les autres issues; ses filles se rangeaient à côté de la fenêtre. Tous étaient armés de faux, de pelles, de fourches, de fléaux, et approvisionnés de pierres, quelquefois d'eau bouillante. Mais il fallait, sans doute, pour prendre un parti aussi dangereux, ne pouvoir abandonner sa demeure sans s'exposer à tout perdre. Ordinairement, dès que la cloche d'alarme commençait à tinter, la population du village se réfugiait, partie dans les bois, partie dans les forts. Les assaillants étaient repoussés avec le courage du désespoir. Toutefois, revenant à la charge plus nombreux, le pic dans une main, la torche dans l'autre, ils n'avaient pas besoin de faire de grands efforts pour triompher de la résistance. De vastes tourbillons de flamme et de fumée ondoyant dans les airs, le fracas des murs qui s'écroulaient, le craquement et la chûte de lourdes charpentes, l'explosion des armes à feu, les cris de détresse, glaçaient les cœurs d'effroi, et les vaincus restaient à la merci des vainqueurs. Aux lieux où naguère on avait remarqué plusieurs groupes de maisons dominées par la flèche d'un clocher, ombragées d'arbres à fruits, entourées de verdure, s'élevant dans une plaine couverte de moissons, on n'apercevait plus qu'une arène spacieuse, chargée de masures éparses, déchiquetées, noircies, environnées de troncs d'arbres carbonisés, et autour de ces hideux débris, que des campagnes arides et désertes. Quelques années avaient suffi pour appauvrir et dépeupler une contrée industrieuse et florissante.

[1655. — Les armées de Turenne et de La Ferté, qui étaient à Fayts et à Maroilles, allèrent camper, le 22 juin 1655, à Étrœungt, qu'elles occupèrent jusqu'au 25, époque où elles allèrent à Buironfosse et dans les alentours.

1657. — Les Espagnols, ayant échoué devant Calais et se retirant du côté de Mariembourg, arrivèrent à Feron le 8 août. Quelques jours après, le 13, Turenne venant de Saint-Quentin et d'Etreux-au-Pont, alla encore camper à Étrœungt.

1659. — Enfin, le traité des Pyrénées vint mettre un terme à une guerre qui désolait la contrée depuis vingt-cinq ans. La paix fut accueillie avec un enthousiasme impossible à décrire. On vit alors, en grand nombre, des habitants venir reprendre possession de leurs maisons, de leurs biens, qu'ils avaient abandonnés depuis de longues années, pour se soustraire aux horreurs de la situation ; mais ils n'y trouvèrent plus guère que des masures et des champs en friche.

1667. — Le pays, malgré plusieurs années de paix, avait peine, après tant de maux, à se relever de ses ruines, lorsque la guerre de 1667 vint encore ajouter de nouveaux désastres.

1675. — Philippe de Croy-Chimay-d'Arenberg, après avoir été successivement chambellan de l'archiduc Léopold, gouverneur-général des Pays-Bas, mestre-de-camp d'un régiment d'infanterie wallonne, chevalier de la Toison-d'Or, membre du conseil de guerre du roi aux Pays-Bas ; gouverneur, capitaine-général, souverain-bailli, grand-veneur, bailli des bois et *gruyer* du comté de Namur, et ensuite gouverneur et capitaine-général du duché de Luxembourg, mourut à Chiny le 12 janvier 1675, laissant de Théodore-Maximilienne-Jossine de Gavre, sa femme, un fils unique, qui suit.

Ernest-Alexandre-Dominique de Croy-Chimay-d'Arenberg.

1675. — Il était en Espagne lors du décès de son père, dont il hérita de tous les biens. Il fut nommé, cette année, gouverneur du duché de Luxembourg, chevalier de la Toison-d'Or et grand d'Espagne.

1677. — Louis XIV, en vue de se frayer un vaste débouché sur Trélon et Chimay, ordonna, en septembre 1677, l'ouverture, à travers le bois du Fresseau, d'un chemin de 1,200 pieds de large, partant du Pont-de-Sains par Glageon. Il abandonna à ses officiers tous les bois de taillis et de haute futaie qui seraient coupés dans cette percée. Mais le prince de Chimay et l'abbé de Liessies, propriétaires indivis de cette forêt, parvinrent à transiger pour 100 pistoles. Moyennant ce sacrifice, ils purent même ouvrir le chemin sur les points es moins dommageables du Fresseau, et conserver la propriété du bois abattu. — Il serait difficile maintenant de déterminer le tracé donné à ce chemin.]

1678-1679. — La terre d'Etrœungt fut cédée par le traité de Nimègue (1678) à la France, qui en prit militairement possession l'année suivante.

[1682. — On disait alors « que le village d'Etrœungt, à » cause des passages et campements continuels des troupes » par les guerres dernières, étoit tellement gasté, qu'une » partie dudit lieu étoit encore wague et sans bastiments et » habitations. »

1684. — Par un ordre du roi du 26 septembre 1684, les villages d'Étrœungt, de Feron et de La-Rouillies furent rattachés au gouvernement d'Avesnes (1).

1685. — Les habitants de la terre d'Étrœungt jouirent, pendant quelques années, des exemptions qui leur avaient été assurées par les comtes de Hainaut en 1248 et en 1315 ; mais en 1685, l'abbé Faultrier, intendant du Hainaut, par une ordonnance du 15 décembre, les soumit aux mêmes impôts que les autres habitants de la province. Ils réclamèrent, en se prévalant de leurs anciennes chartes ; il leur fut répondu que le roi avait révoqué toutes les franchises. Cependant, cédant aux supplications qui lui furent faites après coup par l'intendant même, le monarque consentit à ce que les droits fussent modérés et mis sur le même pied qu'à Chimay (2).

1686. — Le prince de Chimay occupait le poste de viceroi et capitaine-général de Navarre, quand il mourut à Pampelune le 3 juin 1686. N'ayant pas eu d'enfants de sa femme, Marie-Antoinette de Cardenas-Ulloa-Balda-Zuniga y

(1) *Archives histor.*, 3e série, II, 225. (A. J. M.)
(2) *Titres divers.* (A. J. M.)

Velasco, ses biens passèrent à son cousin-germain, Philippe-Louis de Hennin-d'Alsace, fils d'Eugène, comte de Boussu, et de Anne-Catherine d'Arenberg.

Philippe-Louis de Hennin-Liétard, dit d'Alsace.

1686. — Ce seigneur n'accepta la succession de son cousin que sous bénéfice d'inventaire. La plus grande partie des biens dont elle se composait était alors séquestrée et régie sous l'autorité du conseil du Hainaut, à cause des dettes considérables que les chefs de la maison de Chimay s'étaient vus obligés de contracter depuis 1635.

Il fit, le 16 juin 1686, le relief des seigneuries d'Avesnes, Chimay, Beaumont, Étrœungt, Croix et Fontaine-au-Bois.

Les habitants de la terre d'Étrœungt prétendaient avoir le droit de chasser dans l'étendue du territoire de ce village, mais il leur fut contesté par leur seigneur, le prince de Chimay, qui saisit les tribunaux de la difficulté. Elle fut tranchée par un arrêt du parlement de Tournai du 19 décembre 1686, portant à la fois défense à ces habitants de chasser désormais dans la juridiction d'Étrœungt, et injonction de se conformer à l'article 28, titre de la chasse, de l'ordonnance des eaux et forêts de 1669 (1).

1688. — Philippe-Louis d'Alsace, décoré de la Toison-d'Or en 1687, mourut le 25 mars de l'année suivante. Il eut trois fils et deux filles de Anne-Louise de Verreycken, qu'il avait épousée en 1673.

---

(1) *Archives de la pairie d'Avesnes.* (A. J. M.)

Charles-Louis-Antoine d'Alsace.

1688. — Devenu prince de Chimay, comte de Boussu et de Beaumont, seigneur d'Avesnes, d'Étrœungt et d'autres lieux, à la mort de Philippe-Louis d'Alsace, dont il était le fils aîné, il fut successivement comblé d'honneurs : chevalier de la Toison-d'Or en 1694 ; prince du Saint-Empire, quelque temps après ; grand d'Espagne en 1708, puis lieutenant-général des armées du roi catholique, PhilippeV; grand-maître et capitaine-général de l'artillerie des Pays-Bas espagnols.

1690-1697. — Dans cet intervalle, Étrœungt éprouva encore de grands malheurs par l'effet des guerres. Taxé à des contributions extraordinaires, tantôt par les Français, tantôt par les ennemis, il ne parvint pas toujours à s'affranchir du pillage,même en payant ainsi des deux mains. Le village envoya à Namur, en 1696, la somme de 1685 livres; ce qui ne l'empêcha pas de payer en outre, dans la même année, 971 liv. 3 s., « pour les rations des ennemis. » La-Rouillies et Feron se trouvèrent dans la même condition.

1691. — Le 1ᵉʳ septembre 1691, la baronnie d'Étrœungt fut cédée à Jean-Baptiste de Préseau, seigneur de Rainsars et de Floyon, grand-bailli de la terre et pairie d'Avesnes, moyennant une rente irrédimible de 4,500 livres de France. Mais, cet arrangement n'eut pas de suite. Pour être valable, il fallait qu'il reçût, dans le délai d'un an, l'agrément du roi et l'homologation du parlement, et cette double formalité paraît lui avoir manqué (1).

1706. — En cette année, un procès entamé au commencement du xvᵉ siècle et qu'on pouvait regarder comme interminable, eut enfin une solution , par suite de laquelle les

---

(1) *Reg. des fiefs de Chimay.* (A. J. M.)

terres d'Avesnes, d'Étrœungt et d'autres encore passèrent dans la maison d'Orléans.

Il n'y a plus lieu, dès-lors, de s'occuper de Charles-Louis-Antoine d'Alsace, quoiqu'il survécut jusqu'au 4 février 1740.

Philippe II d'Orléans.

1706. – Guillaume de Croy avait acquis] de Germaine de Foix, en 1519, dix-sept terres qu'il légua à Philippe et à Charles de Croy, ses neveux : de là une involution de procédures variant à chaque traité de paix, comme à chaque déclaration de guerre, et dont les inextricables et nombreuses difficultés se succédèrent et se multiplièrent jusqu'en 1706, qu'un arrêt du parlement de Paris, du 31 juillet, les trancha. Ni Guillaume de Croy, ni ses neveux, entre lesquels sa succession fut partagée en 1528, n'entrèrent en possession des terres acquises, car Thomas de Foix, qui en obtint le retrait et en remboursa le prix, en avait conservé la jouissance. Le partage de 1528 fut rescindé en 1549, et il n'en put être fait d'autre, quoiqu'il ne restât que le prix des dix-sept terres à partager. Les deux frères ne suivaient pas la même bannière. Philippe de Croy, créé duc d'Arschot, était attaché à l'Espagne ; Charles de Croy était comte de Seninghem et dévoué à la France. La marquise de Gonzague se trouvant créancière, comme représentant Charles de Croy, d'une somme considérable, par le cumul des intérêts avec le capital, fit saisir réellement la terre d'Avesnes, en 1663. Cette saisie réelle fut suivie de celle des terres de Chimay, de Beaumont, d'Étrœungt, de Sanzelles, d'Eclaibes, de Commines et d'Halwin, les droits de la marquise de Gonzague, transmis à la duchesse de Montpensier, échurent définitivement au duc d'Orléans, Philippe II, à qui, [comme premier et plus ancien créancier privilégié, les terres saisies furent adjugées en pleine propriété, pour le prix de leur estimation et à valoir sur sa créance, liquidée en principal et intérêts à la somme totale de 3,717,719 livres 19 sols ; le tout suivant l'arrêt précité de 1706]; mais il n'obtint, en effet, que celles dont l'Espagne avait consenti l'abandon, en vertu des traités des Pyrénées, de Nimègue et de Riswick. C'étaient, dans le Hainaut français, les terres d'Avesnes, d'Eclaibes et d'Étrœungt, [dont le duc d'Orléans ne tarda pas à prendre possession. Se prévalant d'un autre arrêt du parlement du 12 août 1706, et représenté par N. Vaillant, seigneur de Montoye, intendant-général de ses domaines et finances, il fut adhérité de ces trois terres par sentence du bureau des finances de Lille, le 30 octobre suivant. — L'estimation des biens ne fut pas faite immédiatement : ce fut seulement le 18 février 1708 que le procès-verbal d'expertise fut entériné.]

1710. — Les habitants de la baronnie d'Étrœungt (1) eurent, dans les princes de la maison d'Orléans, de puissants protecteurs. On leur accorda, en février 1710, et sans doute les bons offices du futur régent y aidèrent, la confirmation de leurs priviléges et la réintégration de leurs franchises; mais avec des restrictions apparemment exigées par les intérêts de l'Etat. Ainsi, on les exempta des droits établis sur plusieurs objets de consommation, en restreignant toutefois cette exemption aux objets qui devaient se consommer chez eux; les liquides à leur usage furent dégrévés de l'impôt, mais on en proportionna la mesure à leurs besoins présumés; on soumit les cuves, les chaudières, les tonneaux de leurs

---

(1) Dès que la seigneurie d'Etrœungt fut acquise au duc d'Orléans, elle fut désignée par ses officiers, dans leurs actes , sous le titre de *baronnie,* que, de longue date, elle avait parfois porté (A.J.M.)

brasseries au jaugeage, et on astreignit ceux qui voulaient se procurer de l'eau-de-vie à la prendre au prix et dans les bureaux de la ferme. Leur tabac fut affranchi de toute perception, mais ils ne purent en avoir ni plantations, ni manufactures, ni magasins, ni plus de deux livres par famille, sous peine de confiscation et d'amende. De telles précautions, quel qu'en fût le motif ou le prétexte, en bornant leurs immunités, en assujétissaient la jouissance à des formalités importunes ; toutefois, il se peut que, sans l'appui de leurs seigneurs, les efforts qu'ils firent pendant un siècle pour recouvrer au moins plus de liberté, eussent accéléré la suppression absolue de franchises qui, quoique ainsi restreintes, étaient encore fort avantageuses.

[1720.— Les fermiers et l'inspecteur-général des domaines prétendaient être toujours en droit de percevoir, dans les villages d'Étrœungt, Feron et La-Rouillies, les taxes et impositions ordinaires de la province. De leur côté, les habitants avaient appelé de l'ordonnance de l'intendant du 15 décembre 1685, qu'on leur opposait constamment. Le duc d'Orléans avait pris fait et cause pour eux. Enfin, après huit années de procédure, il intervint, le 24 avril 1720, un arrêt contradictoire du conseil d'Etat du Roi, qui maintint les habitants des trois villages dans l'exemption de tous droits domaniaux établis en Hainaut.

1723. — Philippe étant mort en 1723, les seigneuries d'Avesnes, d'Eclaibes et d'Étrœungt passèrent à son fils, ci-après.

Louis, duc d'Orléans.

1724-1725. — A partir de 1720, les habitants de la terre d'Étrœungt avaient joui de l'exemption de tous droits et impositions ; mais, en 1724, on les comprit de nouveau dans les rôles d'impositions de la province. Ils réclamèrent sans succès et en vinrent au point de refuser ouvertement d'acquitter ces charges. On employa contre eux, avec la dernière violence, tous les moyens de poursuites : garnisaires, saisies et vente de meubles. On fit même arrêter et emprisonner les maires des trois communes, en vertu d'une contrainte du 22 avril 1725, et ils ne furent élargis qu'après que l'on eut tout payé.]

1725. — Les belles chaussées qui se croisent à quelques mètres au sud d'Avesnes ont été établies dans le siècle dernier, au moyen des taxes et des corvées auxquelles furent soumises les communes par où elles passent ou qu'elles avoisinent. Les habitants de la baronnie d'Étrœungt, voulant éviter qu'on les imposât, ce qui à leurs yeux eût été une nouvelle atteinte à leurs priviléges, réclamèrent comme un droit la charge de faire exécuter à leurs dépens, dans les limites de leur territoire, les travaux de celle de ces chaussées qui le traverse. [Cette chaussée, qui vient de La Capelle et se dirige sur Avesnes, en traversant La-Rouillies et Étrœungt, fut commencée en 1725, dans l'intérieur de ce dernier village.

1728. — Un arrêt du conseil d'Etat du 1er juin 1728 exempta le seigneur et les habitants de la baronnie d'Étrœungt des droits de contrôle, des actes et insinuations laïques, et un autre arrêt, du 24 août suivant, les dispensa aussi de l'imposition du 50e des revenus de tous biens-fonds, terres, etc.

Il fut décidé, par le conseil du duc d'Orléans, le 9 septembre de ladite année, que l'office de prévôt d'Étrœungt resterait toujours distinct et séparé de celui de grand-bailli de la terre et pairie d'Avesnes (1).

---

(1) *Archives de la pairie d'Avesnes*. (A. J. M.)

1731. — Le conseil d'Etat du roi, en consacrant, par un arrêt du 11 septembre 1731, les lettres-patentes de 1710 et l'arrêt de 1720, maintint l'exemption, dans la terre d'Etrœungt, des droits de courtiers-jaugeurs, d'inspecteurs aux boucheries et aux boissons, ainsi que des droits d'amortissement, de nouveaux acquêts et d'usages.

1732-1734. — Depuis 1725, époque où la communauté d'Etrœungt avait commencé la construction d'une chaussée pavée sur le grand chemin de La Capelle à Avesnes, jusqu'en 1732, il y eut peu de travaux exécutés sur cette route. A cette dernière date, l'administration municipale d'Etrœungt fit certaines propositions qui furent modifiées ensuite. En effet, reproduites en 1734, elles consistaient dans l'offre faite, par les trois communes de la baronnie, de faire construire, à leurs frais, cette chaussée en grés neufs, ainsi que les ponts nécessaires, depuis la limite du Soissonnais jusqu'à la porte d'Avesnes ; mais sans pouvoir, en aucun cas, être tenues de fournir plus de 500 toises carrées par année. Subordonnée à la perception, pendant six ans (1735 à 1740 inclus), des droits suivants :

1° 30 livres de France pour chaque brassin de bière *cabaretière*, quelle qu'en soit la contenance ;

2° 4 sols par pot d'eau-de-vie ;

3° 2 sols par pot de vin ;

4° 1 sol par livre de tabac,

cette offre fut sanctionnée par un arrêt du 20 juillet 1734, qui exempta les communes des droits de jurés-brasseurs, et d'égards gourmeurs établis sur la bière. — La nouvelle chaussée, qui fut achevée en 1739, coûta aux trois communautés de 45 à 50,000 livres, qu'on acquitta au moyen des produits de l'octroi autorisé par l'arrêt précité. Pour ne plus avoir à revenir sur cet objet, il est ici fait mention que les ingénieurs des ponts-et-chaussées se sont attachés, par la suite, et nonobstant de nombreuses réclamations, à substituer à la route pavée, quoiqu'elle fut belle et solide, un cailloutis qui, certes, valait beaucoup moins.

1737. — Un arrêt du conseil d'Etat du 30 juillet 1737, réglementa la vente et la distribution du tabac dans les trois communes de la baronnie d'Etrœungt : chaque chef de famille ne pouvait jamais avoir chez lui plus de deux livres de tabac, à peine de 500 livres d'amende.

1744. — Un violent incendie consuma la principale agglomération du bourg d'Etrœungt : l'église fut brûlée.

1752. — Le duc Louis mourut cette année. Son fils, qui suit, lui succéda.

Louis-Philippe Ier, duc d'Orléans.

1756. — Il résulte d'un arrêt du 6 janvier 1756, que les habitants de la baronnie d'Etrœungt ne pouvaient avoir des eaux-de-vie en cercles ni en magasin, à peine de 500 liv. d'amende. Chaque famille ne pouvait en obtenir annuellement au-delà de deux veltes ou seize pintes, mesure de Paris.

1761-1764. — Les moines de Liessies, gros décimateurs de Feron, se refusaient, en 1761, à fournir un logement convenable au curé de ce dernier lieu ; mais, après avoir plaidé trois années, ils furent condamnés, par arrêt du parlement de Douai du 11 avril 1764, à remettre le presbytère en bon état.

1774. — Un ouragan terrible, comme jamais on n'en avait vu, s'abattit, le 12 juin 1774, à cinq heures du soir, sur une partie du village d'Etrœungt et y causa de notables dommages. « C'était, dit un acte de cette époque, un tourbillon « de vent et de vapeur, mellés de noir et de blanc, se pro— « duisant avec un bruit épouvantable. » Presque tous les arbres furent arrachés ou brisés sur la zòne, heureusement étroite, entreprise par l'élément destructeur ; la plupart des maisons furent dégradées ou renversées : aucune ne conserva intacte sa toiture, que la violence du vent emporta souvent bien loin. Les dommages constatés aux bâtiments furent évalués à environ 4000 livres, sans compter les dégâts faits à l'église et qui étaient considérables : il ne restait plus debout, des toitures des nefs et du chœur, que quelques portions de toits. La couverture de la chapelle du Rosaire fut totalement enlevée avec la charpente. L'intendant vint aussitôt au secours des malheureux qui n'étaient pas en état de faire rétablir leurs habitations, et leur fit distribuer une somme de 300 livres.

1781. — Le duc d'Orléans obtint, par un arrêt du conseil d'Etat du roi en date du 28 août 1781, la concession du droit de vent dans toute l'étendue de la terre d'Etrœungt.

1785. — Ce prince mourut en 1785.

Louis-Philippe-Joseph, duc d'Orléans.

1785. — A la mort de son père, il devint seigneur d'Avesnes, d'Eclaibes, d'Etrœungt, etc.

1792. — Au mois de septembre de cette année, un corps de 5000 hommes d'infanterie campa pendant huit jours sur la fache de la Cauffrie, dans la partie méridionale du territoire de Feron. Il se porta sur la Belgique par Glageon et Maubeuge.

1792-1793. — Par suite d'un concordat fait le 9 janvier 1792 entre le duc, qui était très-endetté, et ses créanciers, tous les biens immeubles que ce prince possédait dans le Hainaut français furent mis en vente publique. Le domaine d'Etrœungt, qui forma d'abord le 2e lot, puis le 3e, fut adjugé, le 12 mars 1793, à Jean-Baptiste Lefèvre-Rochefort, avoué à Paris, qui, le surlendemain 14, déclara pour command Pierre-Claude-Etienne Corsange, de Chaillot. Peu après, le 6 août, Corsange les revendit en masse à Pierre-Ferdinand Ozenne, moyennant le prix de 700,000 francs. Enfin, disloqués, vendus en détail, ces immeubles se trouvèrent bientôt dans une foule de mains.

Ici finit la série des seigneurs d'Etrœungt.

———

1793. — En octobre de cette année, l'armée française, sous les ordres de Jourdan, venant de Guise, traversa La Rouillies et Etrœungt, pour aller prendre position du côté de Dourlers et de Wattignies, où elle se couvrit de gloire.

1815. — Le 16 juin 1815, Napoléon, précédé de la garde impériale, passa aussi à Etrœungt, se dirigeant sur la Belgique, où il devait éprouver de funestes désastres.

Quelques jours plus tard, les débris de l'armée française, mise en déroute à Waterloo, repassèrent à Etrœungt dans le plus grand désordre.

Les Prussiens, qui les suivaient de près, occupèrent militairement le pays.

1822. — Un incendie réduisit en cendres, le 21 août, dix maisons et deux granges situées au centre de la commune.]

TABLE DES MATIÈRES.